À UN JOUR PRÈS

Nadia Johner

À UN JOUR PRÈS

© 2023, Nadia Johner
ISBN : 978-2-9590647-0-8
Dépôt légal : novembre 2023
Auto-édition – Impression à la demande
Couverture : Olivier Dubois
Mise en page et autoédition : Anne Guervel

SOPHIE

Mardi 2 novembre 2021

Il est sept heures trente lorsque Sophie descend du train en provenance de Rouen. Elle avait peu dormi après cette discussion qu'elle avait eue la veille au soir. Ce sujet revenait sans cesse sur le tapis depuis quatre ans, date à laquelle Sophie avait quitté sa ville natale. Sa mère avait toujours tendance à protéger plus que de raison sa fille et avait du mal à la voir voler de ses propres ailes, encore bien fragiles pour porter le poids de son passé. Les retours au bercail étaient à la fois réconfortants, rassurants mais tout aussi angoissants. Son mal de tête progressait et débarquer au milieu de cette marée humaine se rendant au travail n'arrangeait rien. Elle adore Paris, mais déteste son effervescence permanente. La journée s'annonçait longue.

Une fois sur le parvis de la place Henri Frenay, elle respire enfin. Les dix minutes de marche la séparant de son appartement lui paraissent une véritable épreuve sportive. Est-ce le fait de retourner dans son vingt-cinq mètres carrés sans balcon, de retrouver Marc ou de devoir repartir au boulot qui la rendait si lasse ? Pourtant elle venait de quitter le territoire de ses plus profondes douleurs. Prendre cette distance devait la soulager, l'alléger. Elle avait un mauvais pressentiment, une angoisse qui ne la quittait pas depuis les évènements récents. Rien d'autre ne pouvait concrètement justifier son angoisse, mais elle sentait une présence, une peur timide l'inonder. Marc la rassurait parfois, la réconfortait souvent, il était présent c'est vrai, mais ça ne suffisait pas. Elle n'osait pas se confier, elle n'arrivait pas à lui accorder une confiance sans borne. Quelque chose la retenait et elle gardait ce secret depuis trop longtemps. Elle avait besoin de se libérer, de se décharger de ce poids qu'elle portait comme un sac de plomb sur les épaules. Mais elle ne pouvait pas, elle s'était engagée. Elle assumerait, seule. Pourtant, elle sentait bien que depuis quelques semaines, ce secret les éloignait. Leur relation ne pouvait pas se construire sereinement sans évacuer ce qu'elle gardait depuis si longtemps. Elle n'arrivait plus à se détendre, leurs ébats s'espaçaient, et leurs discussions étaient bien moins légères. Il essayait de comprendre, mais elle prétextait un mal de tête, un souci au travail, la découverte d'une boule dans le sein gauche de sa mère et d'autres mensonges plus absurdes les uns que les autres. Elle, qui n'avait jamais menti de sa vie, se surprenait à être particulièrement douée dans le domaine.

Elle pousse la lourde porte cochère en bois massif, porte sa valise cabine pour enjamber le seuil et termine son périple le long du corridor qui borde les arrière-cuisines des restaurants du rez-de-chaussée. Après avoir gravi les trois étages, elle arrive enfin devant sa porte d'entrée. Elle essaie de faire le moins de bruit possible en glissant la clé dans la serrure, elle sait pertinemment que Marc dort encore. Elle pose son sac et sa valise dans l'entrée exiguë, se déchausse et file immédiatement dans la salle de bain située sur la droite, juste à côté de l'entrée. Elle se rafraîchit, se change. Une toilette rapide suffirait largement, aucun rendez-vous client n'étant prévu aujourd'hui. Elle se passe de l'eau sur le visage, se remaquille légèrement.

Elle avait un teint si parfait et des cils si noirs et touffus qu'un simple coup de ricil et de crayon noir suffisait à la sublimer. Elle faisait partie de ces rares femmes qui passent cinq minutes maximums pour se préparer. Sophie était une femme simple et naturellement belle. Sa trousse ne contenait ni fond de teint, ni blush ou autre artifice cosmétique. Juste un mascara acheté chez Monoprix, et un rouge à lèvres rouge carmin qu'elle n'osait afficher qu'à de très rares occasions. Sa toilette n'avait visiblement pas réveillé Marc, l'appartement étant plongé dans un silence lourd. La cuisine était disposée sous la mezzanine sur la droite. La vaisselle sale débordait de l'évier, des miettes de pain lui piquaient la voûte plantaire, deux verres à vin trônaient sur la table basse. Son regard glissa sur le canapé vert bouteille qu'elle avait acheté en s'installant quelques mois plus tôt dans cet appartement. Sa couleur apportait le réconfort qu'elle recherchait par tous les moyens. Son voisin de palier avait proposé son aide pour emménager mais Sophie était déterminée à être autonome, à se débrouiller sans l'aide de personne. Elle n'aime pas être redevable. L'indépendance a toujours été son objectif pour éviter toute relation d'intérêt. Pourtant elle acceptait que les autres profitent d'elle, sans conscience mais elle l'acceptait. Marc en était l'exemple parfait. Il squattait son appartement depuis le mois de juillet sans participer pour autant aux frais. Mais elle préférait cela. Elle restait ainsi maître de la situation. Elle observait son canapé, elle l'adorait. Elle y avait installé quelques coussins supplémentaires et un plaid pour les soirées d'hiver. Ce matin-là, le plaid traînait par terre, les coussins étaient disséminés dans chaque coin du salon. À leurs places, un t-shirt, des chaussettes, un caleçon, un soutien-gorge, une culotte, des bas, une robe noire... Le cœur de Sophie commence à battre à une allure plus vive.

Son pressentiment devient une conviction. Celle d'avoir été dupée. Elle s'agrippe à l'échelle menant à la mezzanine pour terminer le film qu'elle se fait dans sa tête depuis cinq secondes. Une marche, puis deux, trois suffisent à voir le lit, les fesses de Marc, et une main, inconnue ou plutôt qui n'avait rien à faire dans son lit et encore moins sur le corps de Marc. Une main de femme. Pas si inconnue. Celle de Marion, sa collègue proche. Celle à qui elle a raconté sa vie, son couple. Celle avec qui elle allait boire des bières tous les jeudis soir pour bavasser sur les collègues et Olivier leur directeur obsessionnel et misogyne. Elles aimaient spéculer sur les histoires entre certaines personnes de leur entreprise. Marion connaissait tout de sa relation avec Marc, de la première fois où ils ont fait l'amour à leur dispute pour une sortie de trop, de la façon dont Marc la prenait dans ses bras, l'excitait en une caresse ou encore l'agaçait.

Ils dormaient profondément tous les deux nus, trop nus. Sophie ne put rester une seconde de plus dans ce lieu devenu hostile. Elle descendit de l'échelle, fonça prendre son sac, mettre des chaussures et claqua la porte avant de descendre en trombe les escaliers. La journée s'annonçait très longue.

Il est huit heures et sept minutes en ce mardi 2 novembre. Il fait quatre degrés. L'air est humide. La lumière est encore faible dans les rues de Paris. Mais Sophie ne pleure pas. Elle a besoin d'exulter. Elle s'en veut avant d'en vouloir à Marc et Marion. Ce qui venait d'arriver n'était que le résultat d'une distance qu'elle-même avait mise, comme toujours. Elle l'aime pourtant, d'un amour tendre, sincère et engagé. Mais elle n'y arrive pas. Sa mère avait sûrement raison, il était peut-être temps de consulter, au moins pour se soulager des secrets qui la hantent depuis si longtemps. Même si sa mère ne savait rien, elle avait cette certitude que Sophie enfouissait un mal-être depuis longtemps. Mais en mère parfaite, elle avait l'intelligence de ne jamais poser les mauvaises questions.

Son téléphone se met à sonner, elle ne peut pas décrocher. Elle a besoin de digérer. Il insiste. Elle ne lui parlera pas, pas aujourd'hui. Peut-être demain. Elle l'imagine avec Marion à ses côtés. Peut-être en train de le caresser. Ce qu'elle redoute le plus n'est pas d'affronter Marc mais d'être confrontée au regard apitoyé de sa pétasse de collègue en réunion de brief. Elle ne montrera rien. Elle sait très bien faire. Elle sait faire semblant, s'armer de sa carapace, se glisser dans un costume de roc et de glace. C'est le costume qu'elle porte depuis ses cinq ans, celui qu'elle revêt pour être la belle fille parfaite. Le costume qu'elle laisse à Rouen quand elle rentre à Paris. Elle va devoir le porter ici maintenant. Elle entre dans la rame du métro 12 direction Mairie d'Issy. La journée s'annonce très longue.

VINCENT

Lundi 24 janvier 2022

Fin.

Un mot dont je rêve chaque jour. Un mot qui rythme mes journées et les heures qui s'écoulent.

Le mot de la fin, la fin de mon œuvre.

Voilà à quoi je pense tous les jours, qui m'anime et me motive.

Je suis écrivain, la nuit, le jour et le reste de ma vie. Dans mon appartement niché au troisième étage d'un immeuble cossu du XIIe arrondissement de Paris, entre la rue de Cotte et la place d'Aligre, mon bureau est mon meilleur ami, l'écran devant moi souvent mon pire ennemi.

Ce matin, je me suis levé plutôt gai et inspiré à 7 heures. Comme à mon habitude, je descends mon chien faire sa promenade matinale. Dans les escaliers, je croise Sophie, la voisine du troisième, une magnifique brune de trente ans à peine. Elle s'est installée au début de l'été. Pour l'occasion, elle avait organisé un apéritif dînatoire dans la cour de l'immeuble pour faire connaissance. Chaque résident avait apporté sa spécialité culinaire, ou celle du traiteur de quartier. Elle avait réussi à réunir un bon tiers des habitants, ce qui était un exploit alors que lors des assemblées générales, seul un quart des propriétaires faisaient l'honneur de leur présence. Cette soirée avait été l'occasion de revoir des visages familiers, comme Éric le plus ancien locataire de l'immeuble. Trente ans qu'il occupait l'appartement du deuxième, d'abord avec sa femme, puis avec son fils. Ce dernier avait quitté la maison pour s'installer en banlieue, sa femme avait quitté la vie cinq ans plus tôt. Depuis cet évènement soudain et douloureux, il ne se montrait plus tellement. Il était à la retraite désormais, et aimait rester chez lui, regarder la télé, son occupation favorite. Il avait peu de visites. Josiane et Michel, des petits vieux de quatre-vingts ans passés, mais toujours aussi vifs. Ils marchaient tous les jours pendant deux heures. Michel suivait le plus souvent sa femme, ses hanches lui faisant défaut. Il y avait aussi des têtes nouvelles et bien plus jeunes. C'est-à-dire que l'immeuble était composé de seulement quelques appartements de plus d'une chambre, il était donc occupé majoritairement par des étudiants, des célibataires ou de jeunes couples heureux de dormir, manger, s'aimer dans la même pièce. Ils ne restaient guère longtemps.

Venue à Paris pour un poste de chef de projet marketing il y a quelques années, Sophie avait déniché son studio du troisième étage après avoir tenté d'autres quartiers. Habituée aux usages provinciaux qui consistent à être avenant, souriant et sociable, elle tenait à créer des liens de voisinage. L'idée était plutôt séduisante, tout comme son instigatrice. Bref, Sophie m'avait bien tapé dans l'œil, même si, soyons honnêtes, une relation amoureuse avec une femme qui pourrait être ma fille n'a rien de très catholique. Je me contentais donc de rester dans le domaine du fantasme.

Ce matin de janvier, elle part faire son jogging en legging noir, un haut rose fluo près du corps et un casque vissé sur la tête. Son large sourire suivi d'un bonjour des plus rayonnants m'a mis en condition pour passer une bonne journée. Le long corridor menant à la lourde porte d'entrée de l'immeuble me permet d'observer un spectacle fort agréable lorsque je suis Sophie... Elle se retourne pour m'envoyer un regard presque complice. Je lis dans ces yeux émeraude une pointe de questionnement, une interrogation mais je me fais certainement des idées. Je suis déformé par mon métier qui nécessite d'inventer, de créer des vies à des étrangers jusqu'à ce qu'ils deviennent familiers. Leur confier un caractère, un rôle, une histoire, des secrets, a cette vertu de renouer avec certaines personnes qui n'existent plus dans nos vies mais qui y sont passés. C'est l'occasion de leur pardonner leurs mots déplacés, les débats houleux inachevés, et transformer notre histoire en conte de fée ou en amitié inconditionnelle. Je ne sais pas quelle vie je pourrais inventer à cette voisine d'une trentaine d'années. Elle est sportive, belle et souriante. La vie ne semble pas l'avoir encore trop chahutée. Je dirais même qu'elle fait partie de ces familles qui n'ont comme problème que le choix de leur garde-robe ou de leur dernière cylindrée. Pourtant quelque chose en elle la rend simple. Comme si elle jouissait de l'essentiel. Son regard pétillait ce matin et la rendait plus vivante que jamais.

Une fois sortis dans la rue, nous prenons chacun une direction opposée. Je profite de la lumière naissante et du calme encore relatif des rues de Paris pour flâner au rythme de mon yorkshire feignant. Autant dire, que nous ne dépassons pas les deux kilomètres à l'heure ! Je m'arrête à l'angle pour prendre une baguette et un tour du quartier plus tard, je rentre dans mon appartement prendre un café et avaler deux tartines.

Il est 7 h 30.

Mon bureau, situé près de la fenêtre, me fait de l'œil. Aujourd'hui j'ai envie de le bouder. La journée précédente s'était terminée assez mal entre nous. Ce bureau, dans la famille depuis cent ans au moins, a accompagné toute la carrière de médecin de mon père et mon grand-père. Bourgeois avec son bois foncé authentique, chaleureux et confortable grâce à la lumière dont il est baigné, je m'y sens particulièrement serein et calme. Pour le mettre en valeur je l'ai positionné face à la fenêtre, légèrement en diagonale par rapport à la pièce pour créer une asymétrie. Sur le coin gauche j'y ai posé une lampe au pied en bronze du XVIIIe siècle dont j'ai changé l'abat-jour déchiré. Mes livres du moment sont étalés sur la droite, je m'en inspire parfois pour la réécriture de certains passages, ou pour m'imprégner d'un siècle étranger.

8 heures. Je me lance. Chapitre deux. J'écris sur mon macbook pro sans lever la tête pendant trois heures. Comme si j'étais programmé. Comme si mon corps était passé en mode automatique alors que trente minutes avant j'étais en mode contemplatif. C'est toute la difficulté de ce métier et la magie de l'artiste : la création. Ne jamais la frustrer au risque de la détruire. Ne jamais l'arrêter au risque de ne plus jamais la raviver. Un mode automatique et mécanique mais qui nécessite une souplesse et un lâcher prise pour en tirer la totalité du fruit. Je me demande parfois comment on peut vivre à ce rythme si scolaire et discipliné. Alors que souvent mes amis me le confient, ils s'imaginent que je passe la journée à errer, que j'écris la nuit et que la vie d'auteur pourrait se résumer à des voyages dans une maison de campagne retirée pour s'isoler un mois de temps en temps et revenir avec un manuscrit à publier.

Quel bonheur ce serait de vivre ainsi : travailler un mois, faire sa promo et se promener le reste de l'année.

Ce serait peut-être grisant cette vie éloignée des gens ordinaires. Malheureusement ma vie n'est pas aussi fluide qu'elle n'y paraît. Depuis des mois, je n'ai aucune inspiration, aucune idée, aucune envie. J'écris bien sûr mais rien ne se tient, tout s'éparpille. J'ai la flemme impérieuse de bosser un plan, des personnages, un synopsis. Je pars donc dans l'inconnu en me disant que l'écriture automatique fera le reste. Foutaise. Rien ne fonctionne, et depuis que mes enfants se sont éloignés, c'est encore pire. Je me sens vidé de ma substance. Tout ce que j'écris m'insupporte, plus je gratte, plus je me déteste. Comme mes enfants. Mon art est connecté au niveau sentimental qu'il m'attribue. Je me sens seul depuis tant d'années, je sais qu'ils sont grands, qu'il est dans l'ordre des choses de ne plus les voir mais je souffre. Aujourd'hui j'en crève.

12 heures. Je descends dévorer le plat du jour chez Le Penty en face de mon immeuble. Aujourd'hui c'est pot-au-feu ou filet de lieu. J'aime ce moment de la journée, c'est un de mes préférés. Il a le mérite de me sortir de ma dépression du matin. Lorsqu'on a la chance d'avoir un temps sec, les gens ont l'habitude de se balader tranquillement dans ce quartier, sans se presser. On a souvent l'impression que tous les jours sont un dimanche. J'ai donc pour habitude de me mettre à une table en bord de fenêtre et j'observe. Les gens sont ma source d'inspiration. Je ne dirais pas que j'écoute mais je tends l'oreille, oui. Je prends des notes quand les conversations ou certaines formules sont originales. Ou parfois je lis. En tant qu'auteur, on est forcément un peu multifonctions : écrivain, lecteur, observateur, chercheur et journaliste.

Au début de ma vie d'auteur, je m'efforçais d'écrire surtout, et de lire. Et puis je me suis aperçu au fil des ans, que la plus grande source d'inspiration était dehors, avec le monde. Je me suis alors mis à marcher, à entendre puis écouter les passants, les amoureux sur un banc, ou les potins entre copines. Certains mots sont une richesse pour mes livres. J'ai toujours un peu peur d'ailleurs qu'un de mes lecteurs ne soit mon inspirateur et reconnaisse son parler. Il pourrait venir me réclamer des droits d'auteur ou me reprocher mon indiscrétion ou mon plagiat.

13 h 30. Je décide de marcher un peu le long de la coulée verte... Les créateurs de cette promenade bucolique en plein cœur d'une ville qui ne s'arrête jamais ont été prodigieux. Bien que très empruntée le week-end, elle reste le poumon de la ville et une terre de ressources pour beaucoup de parisiens en mal de nature. Je lis une heure sur un banc et je m'assoupis. C'est un petit vieux au crâne brillant qui vient me sortir de mon rêve en me rendant mon livre échoué au sol.

15 heures. Je suis de retour. Ma séance de réécriture peut commencer. Elle va durer deux heures. Généralement je consacre ce temps à mes textes vieux d'une semaine. Ça me permet de garder un regard quasi neuf, mais surtout neutre affectivement. Le détachement temporel est essentiel dans ce moment. Il permet de voir immédiatement les incohérences de style, les lourdeurs. Il m'arrive parfois de réécrire une page entière alors que lorsque j'étais dans la lancée de la création je me croyais bon, pertinent. Imaginez qu'un auteur envoie son manuscrit à une maison d'édition sans relecture, moins de 1 % des livres seraient à la vente aujourd'hui !

À l'aube de mes cinquante et un ans, plusieurs écrits publiés à mon actif, je devrais être doté d'une assurance évidente, d'une créativité fluide et infinie, d'une aisance naturelle. Pourtant, j'ai souvent ce sentiment d'impuissance et de désarroi face à mon travail. Il suffit d'un mauvais cadrage de l'histoire au départ pour que certaines pages d'écriture aient été rédigées vainement. Dans ce

cas, le meilleur remède est l'acceptation. Il m'arrive alors de passer deux ou trois jours avec des amis, ou partir en balade, ou encore ne rien faire et revenir les idées rafraîchies et doté d'une nouvelle énergie.

17 h 30, la lumière du jour commence à descendre pour laisser place à cette teinte mauve caractéristique des soirs qui succèdent aux journées ensoleillées. J'aime cette ambiance qui rend les gens plus poétiques, plus joyeux. Leur journée de travail arrive à sa fin, c'est l'heure des retrouvailles en terrasse. Ils sirotent un mojito, un spritz ou une bière en compagnie de leurs collègues, amis ou amants. Tiens, deux amoureux se retrouvent devant le Penty, s'embrassent avant de s'asseoir face à la route, côte à côte pour discuter. Ce moment-là est aussi l'occasion pour moi d'imaginer les vies de ces acteurs de mon film intérieur. La fille doit s'appeler Virginie, Stéphanie ou Céline. Elle a ce physique assez commun de la Française de quarante ans, brune aux cheveux mi long, habillée d'un imper beige, un sac en bandoulière et des talons noirs de cinq centimètres à peine. Ni stylée, ni ringarde. Commune. Je la vois bien occuper un poste de conseillère clientèle dans une banque. Lui, un mètre quatre-vingt, brun également, une coupe de cheveux classique, en costume noir, et chemise bleu ciel. Il est peut-être bien banquier aussi. Et s'ils étaient collègues et se retrouvaient là à l'abri des regards, pour cacher leur aventure adultère ? Je note ces détails et remets le nez sur les recherches que j'étais en train de réaliser pour le polar que je m'apprête à écrire pour la trentième fois. La principale intrigue se déroulant dans les campagnes normandes, je suis en train de visualiser sur un site connu de carte satellite, les environnements, la présence de maison, la topographie des lieux. Il me fallait également quelques informations sur les noms des rues d'Étretat. Je passe donc une heure à faire

ces recherches et me sers un verre de vin rouge, signal
d'une journée de travail en cours d'achèvement. Je vis
seul, c'est un détail qui a toute son importance car si j'avais
une femme, ou des enfants encore présents, je partagerai
ce verre avec mes compagnons de vie. Je sentirais l'odeur
alléchante du repas du soir. Mais à ce moment précis,
la seule odeur arrivant à mes narines, est celle du four à
pain de la pizzeria de la rue. Je profite de ce moment pour
réfléchir à ma journée et faire un bilan de mon travail. Ça
fait trois ans que je n'écris rien de bon. Je lance des idées,
j'écris des textes, des chapitres mais très rapidement je
suis essoufflé. L'intrigue se perd dans des détails sans
importance, mon cerveau fatigué n'arrive plus à structurer
et ma patience réduite au néant m'empêche de poser les
bases d'une écriture solide. Mon dernier roman a eu un
succès inattendu pourtant, je devrais capitaliser sur cette
réussite pour créer sans pression. Ma confiance est mise
à mal depuis que ma vie sentimentale ressemble à un pot
de confiture vide : la matière est insuffisante pour couvrir
une tartine mais suffisamment présente pour t'empêcher
de jeter le pot. En clair, j'ai de quoi butiner mais l'in-
consistance de ce qui m'est proposé me donne envie de
tout foutre en l'air. Ce qui laisserait un vide encore plus
grand. Je préfère donc garder le peu de matière à ma disposition, le temps de la remplacer par un pot de confiture
neuf. C'est sûrement la raison pour laquelle Corinne m'a
quitté il y a dix ans. J'étais pour elle le fond du pot. Bien
insuffisant à couvrir ses besoins. En même temps, je n'ai
pas su la butiner correctement.

Mon manque d'inspiration m'a valu un marché que
je me suis toujours refusé de passer avec mon agent. Le
retard pris sur mon manuscrit était tel que je n'ai pas pu
refuser le deal. Je devais participer à des conférences,
réaliser des ateliers d'écriture pour satisfaire la curiosité

des plus avides d'exercices littéraires, mais pour moi il s'agissait d'ennuyer une population certainement plus créative et vive qu'un vieux machin rouillé comme moi. Je n'avais pas le choix parait-il. Ce soir, j'étais donc invité à une conférence à la Sorbonne, sur l'art littéraire dans les milieux défavorisés, suivi d'un cocktail généralement composé de mauvais vin et de petits fours tièdes et mous. Même si j'étais quelqu'un de reconnu dans le milieu, il devenait urgent que je me fasse remarquer avant que le temps de l'oubli ne soit annoncé. J'ai toujours détesté ce genre de moments hypocrites où tout le monde se tape sur l'épaule et se congratule platement sur des prouesses qui n'en sont pas. C'est le paradoxe du monde appartenant aux auteurs. On veut des artistes innovants, originaux, laissant leur vraie personnalité éclater dans leurs œuvres, en revanche leur réussite dépend du conformisme et des règles du marketing. L'écrivain qui souhaite vivre de son talent n'a donc d'autres choix que de faire quelques efforts pour se mêler au monde publicitaire qui fédère la promotion de ses livres.

J'enfile ma chemise blanche que je laisse pendre au-dessus d'un jean bleu marine, j'allume distraitement la télé, histoire de faire le lien avec la vie sociale que je m'apprête à retrouver. Je tourne la tête en direction de l'écran lumineux où je vois apparaître, en haut à droite, le visage de ma voisine. Elle est belle, légèrement maquillée. Son chemisier kaki fait ressortir ses grands yeux verts. Je suis juste hypnotisé par sa beauté sans vraiment prendre conscience du message associé à la photo :

« Une joggeuse a été retrouvée morte en fin de journée dans le bois de Vincennes »

Je repose la télécommande, me ressers un verre de vin, et m'assieds mollement dans le canapé. Ce soir je resterai seul...

VINCENT

Mardi 25 janvier 2022

Je me réveille sur ce canapé mou et déformé par le temps avec un mal de dos carabiné. Il est une heure à peine. Je n'ai plus sommeil et je me souviens. Je me souviens de l'horreur qui m'a fait rester seul et m'endormir rempli d'une bouteille de bordeaux sans âme. Celle de Sophie doit flotter quelque part en ce moment. C'est la seule à savoir ce qui lui est vraiment arrivé. Qui a pu lui vouloir tant de mal ? Elle était si jeune, belle et sans défense. Je me surprends à regretter de ne pas avoir tenté de chausser mes Nike vieilles de quinze ans pour aller fouler le sol avec elle. Elle serait peut-être encore vivante. Ou alors elle m'aurait semé. Ce qui est bien plus probable. Le tourbillon de mon esprit m'inflige de me remémorer le cauchemar m'ayant réveillé quelques minutes plus tôt. Sophie court, elle est angoissée, quelqu'un la poursuit alors elle augmente sa foulée. Ça ne suffira pas lorsqu'elle trébuche sur une souche. Elle est en plein cœur de la forêt, là où personne ne se promène à sept heures du matin. La terre est humide de la rosée, les feuilles tremblent légèrement sous la brise. Un homme cagoulé se jette sur elle, lui arrache son legging. Sophie se débat, hurle mais aucun son ne sort de sa bouche. Elle tente de ramper pour se sortir des griffes de son agresseur. Épuisée par son combat, elle abandonne en se laissant tomber au sol, molle. Elle jette un regard à ce monstre affolé. Ses yeux sont noirs, sa peau brune. Elle le reconnaît et se dit qu'elle le dénoncera une fois que tout sera terminé. Il lui enfonce sauvagement deux doigts dans son vagin, pas comme son gynéco se dit-elle. Lui au moins lui aurait demandé la permission, et ensuite il aurait glissé un seul doigt pour commencer, puis deux. Dans son souvenir, c'était agréable, en comparaison au massacre sexuel qu'elle vivait. Il tâtait juste le terrain car quinze secondes après, ses doigts sortaient aussi violemment qu'à leur introduction pour laisser la place au totem, au bâton ardent, à son pénis destructeur. Après trois allers-retours, l'homme cagoulé jouit. Sophie se dit qu'elle aura au moins fait le bonheur d'un homme aujourd'hui. Elle était drôle Sophie. Sa candeur, sa jeunesse éternelle la rendait lumineuse et pétillante. Elle savait ironiser sur tous les sujets même les plus graves.

Mais l'homme n'en avait pas fini, elle sentit une chose froide et dure s'enfoncer dans son ventre. L'homme lui sourit laissant voir sa dentition jaunâtre et irrégulière. Une douleur aiguë la saisissait mais aucun cri ne sortait de sa bouche. Elle était prisonnière. Le liquide chaud coulait sur son corps gelé. Elle savait. L'objet froid fut sorti de ses entrailles puis enfoncé à nouveau entre ses côtes. Son regard se planta dans celui de son meurtrier. Il pleurait. De plaisir. Elle savait pourquoi il faisait ça. Comment le dire. Comment le faire savoir ? Il était trop tard. À sept heures trente, Sophie ferma les yeux pour la dernière fois.

Tout ça, je l'ai senti, je l'ai vu. Ça me semble si réel. Pourtant je n'y étais pas. C'est comme si mon âme était à deux endroits. J'ai froid tout à coup. Il est trois heures. Je me sers un whisky sans glace que je pose sur ma table de travail. Les évènements m'ont donné envie de coucher

mes pensées sur une page blanche. Je me sens seul, si seul à cet instant précis. J'aimerais appeler Louise. Elle m'aurait certainement écouté, rassuré. Mais Louise n'est plus là. Après ce que je lui ai dit la dernière fois, elle a décidé de m'oublier après cinq années de relation libérée. Mais quel con ! Je vais finir seul, con et vieux. Louise était mon plan cul régulier. Une relation un peu plus que sexuelle, mais pas assez sérieuse pour la qualifier de relation amoureuse. Malgré tout avec Louise, nous passions des heures à discuter après avoir exploré tous les recoins de nos corps. Notre dernier rencart s'était terminé devant un resto du quinzième. Nous avions dîné en buvant deux bouteilles de bon Bourgogne rouge. J'étais un peu à sec ces derniers temps. Au moment de payer l'addition, je m'étais aventuré à lui laisser prendre les choses en main. Vu mon état, il était évident que je n'allais pas la faire jouir. L'inviter aurait été indécent. C'était un peu lui faire croire que je m'occuperais d'elle pour qu'ensuite elle me bichonne. Mais en réalité je n'avais qu'une envie, rentrer chez moi. Un peu bourré, et notre relation de quelques années déjà m'autorisant à dépasser certaines limites, je lui lâchai : « comme tu ne vas pas t'occuper de moi, tu peux payer cette fois ». J'avais sorti cette phrase, déplacée, j'en conviens, avec une pointe d'humour, une espèce de dérision sur cette relation parfois douteuse. Nous étions amis. L'humour était pour moi le fondement de notre histoire pour qu'elle reste légère justement. Louise n'a pas vu les choses de la même façon a priori. Elle a payé et m'a planté après m'avoir collé une gifle d'une telle force que j'en ai gardé la trace deux jours. J'ai bien essayé de rattraper mon erreur. Je l'ai appelée, je lui ai écrit des mots d'excuses mais elle avait décidé de me rayer de sa vie. Louise n'avait pas hésité à jeter le pot de confiture, dont le fond était moisi.

Je gratte quelques mots et mon doigt se dirige directement vers Firefox. Je tape une recherche et le visage de
Sophie apparaît, plus vivant que jamais. C'est la même
photo que celle diffusée aux infos hier soir. Je pensais
pourtant que dans ce genre de situation les proches trans-
mettaient la plus belle photo du défunt. Mais visiblement,
LinkedIn présentait le meilleur profil de ma voisine. Elle
avait vingt-huit ans. Elle était chargée de communication
dans une boîte d'agencement de bureaux. Elle avait un
master II décroché à l'ISCOM de Rouen. Elle avait plus
de mille contacts ce qui me fascinait. Comment pou-
vons-nous engranger autant de relations virtuelles ? Quel
en était l'intérêt ? Sachant que nous n'avons que cinq
vrais amis au maximum dans une vie, comment pou-
vons-nous entretenir mille relations professionnelles ?
C'est un réel mystère pour moi, fervent défenseur de la
relation purement physique et hermétique aux réseaux
sociaux digitaux. Mon éditeur me l'a d'ailleurs trop souvent reproché. En étant un meilleur communicant, voire
un communicant tout court, je serais en mesure de vendre
quatre fois plus de bouquins. En clair, j'en vendrai mille
au lieu des deux cent cinquante péniblement écoulés dans
les librairies de quartier. Si Sophie était encore là, elle
m'aurait aidé à comprendre les subtilités du monde 3.0.

Donc, soit je continue ma descente aux enfers, soit
je prends sa mort comme une ultime alerte. Comme
l'exemple complet de tout ce que j'ai raté. C'était LA
personne à connaître et je n'ai pas été foutu de lui parler
pour faire connaissance. Si je lui avais proposé un café
hier matin, elle serait encore là certainement. Je lui aurais
sauvé la vie sans le vouloir. Mais quel con !

Je me ressers de ce délicieux nectar qui me caresse le
gosier et vient réchauffer mes entrailles. Son effet sur mon
cerveau est savoureux. Je me sens envahi d'une brume

aveuglante me plongeant dans mon univers de SDF : Seul,
Désespéré et Fermé. Je n'écrirai pas une ligne constructive
cette nuit. Il est 4 heures. Je vais essayer de fermer l'œil
dans un vrai lit, le mien et demain j'y verrai sûrement
plus clair. J'entends à cet instant des pas dans l'escalier
en bois de l'immeuble. Il est évident que je ne peux pas
ne pas faire le lien avec la mort de Sophie. Est-ce son
meurtrier qui revient chez sa victime effacer les traces
de son affreux crime ? Je me hisse à pas de loup jusqu'au
judas de la porte. Et déçu évidemment par l'obscurité
qui plonge le couloir désespérément vide, je décide d'attendre. Mes jambes immobiles commencent à me faire
mal. Ma bouche est sèche et réclame le breuvage tant
enivrant que je me plaisais à goûter quelques minutes plus
tôt. Un bon quart d'heure est passé lorsque la lumière
éblouit mon œil collé au judas. Un homme grand, couvert d'un sweat à capuche gris sort de l'appartement de
Sophie. Il referme à clé ce qui signifie qu'il était proche,
et repart sans bruit dans le hall de l'entrée. Je ne vois pas
son visage mais son attitude m'est familière. Il a quelque
chose dans la main gauche. Je me tâte à sortir lui sauter
dessus, comme le ferait Matt Damon dans Jason Bourne,
mais je me dis que c'est une scène qu'il vaut mieux regarder sur sa télé. Parfois la lâcheté est un signe de force, il
ne faut pas le dénigrer. Et si c'est le tueur, je ne vais pas
courir le risque de finir assassiné sur mon palier.

Qu'est-ce que ce mec venait faire ici ? Je décide
d'appeler la police pour qu'ils viennent immédiatement
relever les empreintes de ce passage nocturne. Mais deux
secondes après avoir pris cette décision, ma petite voix
intérieure me siffle de rester à ma place, de me faire le
plus discret possible. Mon instinct m'a toujours été utile
dans la vie, je décide donc de ne rien faire, d'attendre
qu'on vienne me poser la question. Finalement, c'est leur

boulot de récolter ce genre d'informations. Si jamais la Police ne se manifeste pas d'ici trois jours, j'irai les voir. Peut-être même que je leur raconterai mon rêve au risque de devenir le suspect numéro un. Je mets ce que je viens de vivre à l'écrit dans mon carnet de notes pour n'oublier aucun détail. Je me fais couler un bain chaud histoire de délasser mon corps tendu par les émotions que cette nuit m'a fait vivre. Il est déjà cinq heures et l'immeuble est plongé dans un silence assourdissant. Mon esprit s'apaise en même temps que mes membres lorsque je me laisse glisser dans l'eau bouillante. Je m'endors avec le visage de Sophie.

SOPHIE

Lundi 24 janvier 2022

Sophie sort de son appartement à 7 heures avec une envie mitigée de fouler les pavés parisiens ce lundi matin de janvier. Il fait encore nuit même si les rues commencent doucement à s'agiter. Elle vient de croiser son voisin de palier à qui elle lance un bonjour chaleureux comme elle sait si bien faire. Il a l'air gentil et doux même si ce n'est pas un grand causant. Elle se souvient de leur bref échange lors de la fête des voisins en juin. Il lui avait demandé ce qu'elle faisait à Paris. En retour, elle l'avait questionné sur son métier. Il lui avait simplement indiqué être un « écrivain en mal d'inspiration ». Elle avait senti une certaine gêne. Habituellement elle aurait cherché à comprendre les causes d'une telle panne, mais il ne lui avait pas laissé la possibilité de le faire. Il s'était réfugié rapidement près d'un voisin de son âge à la mine aussi dépressive. Elle se souvient avoir eu de la peine pour ces deux hommes.

Sophie se mit à courir dès sa sortie de l'immeuble. Elle sentait le regard de son voisin sur son postérieur et lui jeta un regard interrogateur. Juste pour lui faire prendre conscience de son geste inapproprié. En foulant les pavés humides, elle repensait à sa relation avec Marc. Depuis leur séparation en novembre, il ne cessait de la harceler, de la suivre en soirée et de lui faire des crises de jalousie dès qu'elle discutait un peu trop près avec d'autres hommes. Marc était le plus jeune des hommes qu'elle ait aimés. Elle était particulièrement attirée par les hommes d'âge mûr, pas vieux, mais la quarantaine minimum. Leur expérience de la vie, leur regard sur les femmes et leur sensibilité face à la jeunesse était pour elle un ensemble de charmes irrésistibles. L'absence d'un père était certainement une partie de l'explication à son attitude, même si Patrick avait tenté de jouer ce rôle. Le contrôle permanent de sa mère en était probablement une autre. C'est d'ailleurs la raison pour laquelle elle avait voulu quitter la Normandie et le berceau familial. Elle avait besoin d'air, de tumultes, d'expériences, de folie. Logique donc d'avoir choisi Paris comme destination. Trop loin de Rouen pour que sa mère débarque toutes les semaines, assez près pour que Sophie puisse revenir aux sources en cas de besoin.

Elle décide d'aller courir dans le bois de Vincennes, à peine à quelques kilomètres du XIIe. À cette heure-ci, elle serait tranquille sur la route et elle adorait la fraîcheur matinale et la lumière dans le bois. Habituellement elle courait une heure trente, ce qui lui laissait la possibilité de faire neuf kilomètres dans le parc. Elle avait cette douleur dans la cheville droite qui la titillait depuis quelques semaines, mais elle n'avait pas le temps de consulter avec son nouveau travail. Son boss ne la lâchait pas pour boucler la campagne de rentrée. Tout devait être prêt pour le lancement prévu pendant le salon Workspace expo en avril. Elle avait en charge le lancement de la nouvelle gamme de bureaux amovibles destinés au flex office. La crise sanitaire avait généré pour son entreprise en difficulté, l'occasion d'innover en termes d'agencement d'espaces de travail.

Arrivée à l'angle de la rue de picpus et de l'avenue Daumesnil, elle remarqua une voiture blanche progresser à faible allure. Elle décida de continuer sur la rue de picpus pour rejoindre le parc par le square Van Vollenhoven. Si elle se savait légèrement paranoïaque, son soi-disant poursuivant ne pourrait pas garder sa trace très longtemps. Une fois entrée dans le parc, elle passa devant l'île de Bercy, puis longea la grande Pagode pour enfin fouler la route des Batteries et entrer dans le bois. Elle sentait une présence même si aucune âme ne s'était fait sentir jusqu'alors. Elle continuait toutefois son chemin s'enfonçant davantage dans l'obscurité du sous-bois. C'est à quelques mètres d'une intersection qu'elle le vit apparaître sortant de nulle part. Il portait un jean bleu, des baskets noires, un sweat gris à capuche remontée sur sa chevelure noire. Son regard était profond, rempli de colère et de mal. Elle n'eut pas le temps de partir, ou de crier, qu'il l'avait déjà projetée à terre. Elle était sous lui, ses mains enserrées dans celles de son agresseur. Elle essayait de se débattre avec ses pieds mais elle tapait dans le vide. Il lui bloquait les deux mains avec sa poigne ferme, et de l'autre il lui obstruait la bouche et l'empêchait de prononcer une seule plainte. Elle se sentait si démunie, et à la fois responsable de ce qui se passait. Elle culpabilisait d'avoir joué avec lui, de ne pas l'avoir écouté. C'est à cet instant qu'il prononça son premier mot :
— Salope...

Il haletait, comme un homme excité et débordant de fougue sexuelle. Il sentait l'alcool, la transpiration mélangée au reste de son parfum bleu de Chanel. Elle aurait voulu lui cracher à la figure, le basculer sur le côté et fuir, mais aucun mouvement ne répondait à la force qu'elle y mettait.

— Tu as voulu me baiser hein ? Mais tu ne pouvais pas t'y prendre plus mal. Et maintenant tu vas payer, tu vas crever salope !

Sophie se demandait si c'était vraiment lui, capable d'une telle détermination. Il n'avait jamais mis ses menaces à exécution. Leur dernier échange avait été plus houleux que d'habitude, elle ne s'était pas laissée faire mais ça ne justifiait pas un tel déchaînement. Il la serrait de plus en plus fort. Elle commençait à imaginer le pire, que son chemin s'arrêtait là, aujourd'hui. Loin de sa mère, de ses amis, de son cocon qu'elle avait voulu quitter. Il avait enlevé sa main pour lui arracher son legging. Il enfonça violemment deux doigts à l'intérieur de son vagin asséché par la peur et le froid. Résignée, elle ne criait pas, ne pleurait pas. Rien ne sortait de sa bouche. Elle s'était comme détachée de son corps pour ne rien sentir, jusqu'à ce qu'il la pénètre avec son sexe indélicat, et se soulage. Elle se dit alors que son calvaire allait peut-être s'arrêter là. Elle décida de parler à sa mère le jour même. Elle avait tellement de choses à lui dire en commençant par « Je t'aime ». Leur histoire les avait éloignées mais Sophie n'oubliait pas combien elle l'avait protégée et chérie durant toutes ces années. L'homme lui cracha à la figure. Son emprise était toujours aussi forte malgré sa petite affaire. Son espoir de survie fut anéanti par la douleur quand la lame transperça son sexe. Une décharge lui traversa le corps. Un liquide chaud coulait le long de sa cuisse et elle se sentait déjà partir. L'homme à la capuche continua à frapper dans le bas-ventre, dans les côtes, puis dans le nombril, puis le vide. Il était 7 h 35.

L'AGENT

Mardi 25 janvier 2022

Mon agent m'avait appelé environ cent vingt fois depuis hier. Dans son dernier message, le seul que je me suis autorisé à écouter, il était bien énervé, voire hystérique. Il est vrai que je lui devais mon manuscrit depuis déjà trois mois, et qu'en contrepartie de mon retard, je lui avais proposé de faire des interventions à la fac comme celle d'hier soir. Sa colère était donc compréhensible, mon envie de rester enterré encore plus. Enfin pour moi.

J'effaçai son message agressif lorsque la sonnette retentit. Le parquet ne laissait pas tellement de mystère quant à la présence d'une vie dans l'appartement. À moins de faire ma sieste sur le canapé, il m'était absolument impossible de ne pas le faire grincer même en tapant à mon ordinateur. Les vibrations du bureau suffisaient à faire travailler le bois.

Je me décidai donc à ouvrir mais quand j'aperçus sa tête rouge violette, cheveux hirsutes, et doigt levé, je regrettai immédiatement. Il aurait sûrement mieux valu que j'assume le fait de ne pas ouvrir ma porte en étant là.

Valente n'était plus en colère ou hystérique. Il était fou de rage. Il avait passé un stade largement supérieur à l'énervement distinctement audible dans son message.

Je crois ne jamais l'avoir déjà vu dans cet état. Croiser un homme aussi excédé dans la rue m'aurait certainement conduit à appeler la police ou l'hôpital psychiatrique. L'image qu'il me renvoyait était celle de mon père lorsque j'avais piqué sa voiture un samedi soir alors que je n'avais pas le permis. On avait décidé avec Franck et quelques amis de faire une balade dans la campagne. Mon père avait une vieille 504 cabriolet grise qu'il sortait à de très rares occasions. Moi, j'avais toujours pensé qu'elle était bien plus belle que sa BX blanche toute neuve malgré sa suspension hydraulique. En plein été, le soir, quoi de mieux que de partir cheveux au vent à la conquête de la liberté, au volant d'une voiture qui en avait tous les symboles. Mon père avait dû vouloir faire la même chose ce soir-là car quand je suis rentré à minuit, il était droit comme un i devant la porte de notre petite maison de lotissement, les mains sur les hanches, la gueule violacée et le martinet dans la poche.

Valente avait quelques similitudes paternelles aujourd'hui.

— Putain mais à quoi tu joues pauv' con ! Tu me prends vraiment pour un abruti ! T'étais où hier soir, hein ?!! Et on t'a jamais appris à prévenir ??!! Tu fais chier et le mot est faible !

— Richard... Écoute-moi, tentai-je maladroitement.

— Non ! J'en ai vraiment marre de tes conneries ! L'éditeur est à ça de te dégager (en mimant avec son pouce et son index la très mince partie restante avant que les doigts ne se touchent). Et moi avec ! T'es un putain d'égoïste, merde !

— Attends, assied toi je vais t'expliquer. Tu veux un verre ? Ça va te détendre...

Remarque osée qui aurait pu être évitée mais j'ai toujours eu du mal à gérer la colère des autres, et les conflits en général. Les balayer d'un trait d'humour, parfois considéré comme du déni ou de la condescendance, était ma spécialité. Visiblement, ça n'allait pas prendre non plus avec Valente.

— Je crois que tu ne réalises pas la gravité de la situation. Ça fait des mois que je te sauve le cul, tu n'as pas écrit une ligne depuis trois ans, tu te permets de poser un lapin au doyen de la Fac, et tu veux que je me détende ?!! Non mais je rêve !

— OK, j'ai merdé. Mais j'ai écrit hier.

— Ah oui ? Tu me fais lire ?

— ...

— Ouais, t'écris sans conviction, sans idée. Pas étonnant que ça ne donne rien. Mais qu'est-ce qui t'arrive Vincent ?

— Je ne sais pas. Depuis le départ de Corinne et des enfants, je me sens vide. J'ai l'impression d'être un inconnu chez moi, et un touriste dans cette ville. Plus rien ne m'intéresse, plus rien ne me touche, ni ne m'émeut. J'écris oui, mais des niaiseries. Rien de construit, uniquement des pensées noires se transformant au fil des lignes en histoires sordides et plates. Mais là, je crois que je tiens un truc.

— Mais Vincent... Ça fait dix ans qu'ils sont partis. Et tes enfants sont adultes et indépendants maintenant ! Alors il est temps que tu te bouges !

— Oui je sais mais...

— Et les conférences à la Fac, ça ne t'intéresse pas ? Tu as tellement de choses à transmettre aux étudiants...

— C'est pas ça...

J'étais vraiment merdeux. Je venais de balancer ma minable existence à mon agent. Je venais de faire un aveu de faiblesse et de nullité. Je m'enfonçais de minute en minute. Je n'avais qu'une envie : déguerpir.

— C'est quoi alors ?!!

Valente ne lâchait rien. Et je savais pourquoi. Il devait des comptes à tous ces bureaucrates intellos, qui pensaient que la cellule grise s'achetait sur commande.

— C'est Sophie Jaland.

— C'est qui celle-là ?

— Ma voisine. Elle a été tuée hier matin, ça m'a complètement bouleversé quand j'ai vu ça au journal de vingt heures hier soir. J'étais prêt à partir pour l'université, mais j'ai pas pu. Je suis resté prostré. C'est comme si je projetais sa mort sur Laure. Elles ont à peine trois ans d'écart.

— Mais qu'est-ce que t'en as à foutre de cette gonzesse. Tu ne la connaissais pas ! Bon, tu fais chier, t'as qu'à écrire là-dessus. Les émotions c'est tendance et t'as l'air d'en déborder. Je repasse demain. T'as intérêt d'être en train d'écrire, OK ?

— OK, à demain. Et Richard...

Valente était déjà sur le pas de la porte, prêt à quitter mon appartement étouffant de culpabilité. Il se retourna en me lançant un regard accusateur.

— Rien, je vais écrire c'est promis.

Mon père n'avait rien à lui envier en termes d'autorité. J'avais rajeuni en dix minutes pour me retrouver à cinq ans. Le petit garçon en moi s'était réveillé. J'avais les larmes aux yeux, le palpitant en pleine ébullition, une envie de me jeter sous ma couette et de disparaître pour toujours. Une bonne rouste de temps en temps ne fait pas de mal, mais là j'avoue, j'étais un peu soupe au lait pour encaisser.

Valente avait raison, cette histoire m'avait tellement chamboulé qu'elle ne pouvait qu'être une source immense de créativité. Je décidai d'aller faire un tour dans les Bois de Vincennes, respirer le dernier souffle de Sophie et foulé la terre qui l'avait accueillie pour son dernier repos.

Arrivé devant l'entrée du bois, les grilles étaient closes. Je connaissais un accès par la route du lac, impossible qu'ils l'aient condamné aussi. Trop de gens passaient par là pour aller bosser. J'arrivais à une intersection et vis au loin un groupe assez dense. C'était forcément là-bas. Plus j'approchais, plus les gens que je croisais avaient le même sujet de conversation. J'entendais des bribes « tellement jeune », « violée... poignardée », « horrible », « plus jamais ici » « mal éclairé », mais j'étais concentré sur le lieu, les bruits des feuilles, le chant rare des oiseaux, les traces de pas au sol. J'avançais lentement mais la zone balisée était totalement encerclée par les badauds. Cette histoire m'avait plus que touchée. Elle me hantait. Cette gamine n'était que ma voisine mais je réagissais comme si elle avait été proche. Laure, ma fille, était partie en Australie, et je la voyais en Sophie. J'étais en train de couper le cordon, et la mort de cette voisine inconnue était comme le symbole de la fin de ce lien invisible qui fait d'un père un Dieu et d'une fille une Princesse immortelle.

Je m'assieds sur un banc de longues minutes pour griffonner mes pensées troubles. La foule se disperse tranquillement pour laisser la place aux autres curieux. Je m'approchai lentement, sentant à chaque mouvement que je me rapprochais d'elle. Les images qui avaient nourri mon cauchemar devenaient réelles sur cette scène de crime dont les moindres marques avaient été minutieusement effacées tout comme les indices avaient été analysés. J'imaginais certainement obtenir des informations que les agents n'avaient pas repérées car je marchais en rond le long d'un cercle, d'un rayon de trente mètres, autour de la tache sombre laissée par le sang nettoyé de Sophie. Peut-être avait-elle laissé tomber ses clés, son casque, ou le tueur avait-il laissé une marque distincte de ses chaussures. Une heure à tourner en rond me suffit à imaginer une histoire autour de ce meurtre sordide. Je rentrai à dix-huit heures. Un thé brûlant aurait certainement la vertu de remettre mes mains au boulot et le cœur à l'ouvrage.

Ce fut le cas quelques heures. Je rallumais la télé à vingt heures. La mort de Sophie faisait évidemment la une. Aucune piste n'était évoquée si ce n'est celle d'un homme qui l'avait repérée. Pour le moment, aucun témoignage n'avait permis de faire la lumière sur cette affaire. Un homme assez grand et bedonnant était interviewé. Il n'annonçait pas grand-chose, aucun prévenu, aucun suspect. Simplement des détails sur la façon dont ma voisine avait été tuée. Elle aurait été violée puis assassinée par arme blanche. J'avais pourtant la sensation de connaître tous les détails du meurtre, le rêve m'ayant emporté dans une réalité déconcertante. Je zappe sur France Info et l'image incrustée me ramène à un âge que je ne connais plus. Une femme brune, d'une cinquantaine d'années, des yeux vert émeraude gonflés par la tristesse, quelques rides au coin de la bouche et un teint parfaitement hâlé, apparaît à l'écran. C'est la projection parfaite de Sophie vingt ans plus tard. Je ne mets pas longtemps à comprendre de qui il s'agit.

LA POLICE

Mercredi 26 janvier

Il est huit heures, un allumé frappe comme un bourrin à ma porte. La nuit a encore été compliquée pour mon bouquin, mon agent et ma tête. Elle se déchire de l'intérieur comme si une balle piquée de multiples aiguilles se baladait à l'intérieur et lacérait sur son passage les moindres bouts de cerveau, de muqueuses et de cervelet. Arrivé dans la pièce principale, j'entends enfin autre chose qu'un bruit sourd venant accentuer le concert de tambour dans mon crâne.

— Police !!! Ouvrez !

— J'arrive, j'arrive...

Mon pouls s'accélère instantanément. Le scénario envisagé la veille devenait peu à peu plausible. Je n'allais certainement pas pouvoir garder le contenu de mes cauchemars plus longtemps. La veille, j'avais tenté de refaire le parcours que Sophie avait emprunté pour me mettre dans sa peau, essayer de ressentir ses peurs, ses émotions. Je me sentais comme connecté à elle. Proches du lieu du crime, de nombreuses rubalises barraient le passage aux curieux. Depuis là où je me trouvais, on ne pouvait que distinguer les zones plus sombres laissées par le sang séché rapidement nettoyé. J'avais foulé le sol où ma voisine avait péri avec l'esprit envahi de flashs comme si la scène se produisait sous mes yeux. Comment expliquer ça à un flic sans qu'il ne pense que je suis le coupable ? Le silence reste parfois la meilleure des défenses.

Je me dirige lentement vers la porte d'entrée pour me décider à leur ouvrir enfin. C'est l'homme interviewé la veille qui fit son apparition devant mon air ahuri. Il était moins gros en vrai.

— Bonjour, Lieutenant Bourdieu, je suis en charge de l'enquête sur le meurtre de votre voisine Sophie Jaland. Nous souhaitons vous poser quelques questions.

Je l'invitai à s'installer dans le canapé encore marqué par mon corps agité de la nuit suivant le meurtre.

— Vous connaissiez bien Mademoiselle Jaland ?

— Pas vraiment, nous nous sommes parlé deux trois fois mais rien de spécial.

— Vous avez été aperçu sur la scène de crime hier vers quinze heures. C'est exact ?

— Oui tout à fait, je suis allé voir ce qu'il se passait. Je suppose comme la majorité des gens curieux.

— Aviez-vous une relation avec Mademoiselle Jaland ?

— Non ! Bien sûr que non ! Elle avait à peine trente ans !

J'évitais bien entendu de lui expliquer les fantasmes que Sophie pouvait déclencher quand je la croisais en tenue de sport. Je serais devenu suspect numéro un.

— Monsieur, cette question fait partie de notre investigation. Quand avez-vous votre voisine pour la dernière fois ?

— Lundi matin

— Lundi matin ? Ce lundi ?

— Oui, elle partait faire son footing et moi je sortais promener mon chien comme tous les matins.

— Et que faisiez-vous entre sept heures et huit heures ?

— Je vous l'ai dit, je promenais mon chien. Ensuite je suis remonté à mon appartement et j'y suis resté jusqu'à midi.

— Quelqu'un peut confirmer ?

— Madame Amary certainement. C'est la concierge de l'immeuble et elle remplit très bien son rôle.

J'ai eu le malheur de ramener une femme chez moi deux soirs d'affilée, ça m'a valu un interrogatoire de la part de mon fils. La dernière fois qu'il est passé, la concierge lui a annoncé que j'étais fiancé.

— Avez-vous constaté du passage important ces derniers temps ?

— Sophie était une jeune femme dynamique et sociable, elle recevait beaucoup de visites, oui.

— Mais ces derniers jours, n'y en avait-il pas plus que d'habitude ?

— Pas vraiment. Je suis écrivain, donc je passe le plus clair de mon temps assis à mon bureau. Je ne suis pas derrière mon judas.

— Depuis son décès, avez-vous remarqué quelque chose, un détail qui pourrait nous aider dans l'enquête ?

Évidemment que j'ai remarqué la venue d'un homme la nuit dernière à son appartement. Mais vais-je vous le dire ? Leur cacher me permettrait d'avoir un coup d'avance. Voilà que je me sentais l'âme d'un détective. Pourtant j'étais quelqu'un de discret, toujours droit et respectueux des règles, avec la société en général du moins. Avec les femmes ça avait été une autre histoire. Je ne sais vraiment pas m'expliquer pourquoi je cache ce que je sais. À quoi ça me sert, mais c'est une intuition. Comme si la vérité que je gardais en moi avait une importance pour la suite.

Une tape sur mon genou me ramène à la réalité et je vis la tête ronde chargée de mauvais vin me regarder avec insistance. Le lieutenant avait un regard gentil, on sentait en lui l'homme qui aime la vie, qui a vu des misères et de la violence. Son regard est froid en surface mais doux en profondeur. On a envie de rigoler avec un homme comme lui. Certainement que les femmes aiment se blottir contre son torse protecteur. À ses côtés on se sent en sécurité. Il boit pour oublier que la vie est dure, que les hommes sont violents et que son administration ne lui facilite pas souvent la tâche.

Je réponds sans conviction.

— ... Non pas spécialement.

— Pourtant la concierge nous a indiqué qu'un homme était monté dans la nuit. Vous ne l'avez pas vu ?

— Comme je vous l'ai dit, je suis le plus souvent à mon bureau pour travailler.

— Mais n'avez-vous pas entendu des pas dans le couloir ?

— Je ne crois pas, je devais dormir.

— Bien, merci pour votre aide et si quelque chose vous revenait, n'hésitez pas à me contacter à ce numéro.

Le flic me tendit sa carte cornée. Je la glisse dans ma poche en me levant et le raccompagne à la porte. J'avais la boule au ventre, le sentiment d'avoir trahi quelqu'un. J'avais tellement envie de leur dire comment s'était déroulé le crime, ce genre d'individu ne pouvait pas comprendre.

J'essaie de faire le vide en remplissant mon verre. Il n'est que dix heures mais après les évènements que je viens de vivre, je considère qu'un petit remontant ne peut pas entraver plus que de raison mes artères déjà bouchées. Mon cerveau s'évade dans les mois qui ont précédé ce jour noir. Je me souviens du jour où Sophie est arrivée. On ne pouvait pas vraiment la rater, les meubles tapaient contre chaque coin de mur et chaque marche, tant les amis venus lui prêter main-forte étaient maladroits. J'avais proposé

mon aide mais elle l'avait gentiment déclinée. J'avais gardé en mémoire ce jour-là l'intensité du vert qui inondait son regard. Il était doux et froid à la fois, mais son visage n'était que douceur et candeur. Elle me donnait envie de la protéger.

Quelques semaines après son arrivée, j'avais croisé un jeune homme brun dont le regard n'avait pas eu le même effet sur moi. Rien à voir avec le fait que je suis fondamentalement hétéro, mais il avait la malice au fond des pupilles. Je redoutais que cette histoire ne finisse aussi mal que la mienne. Déjà père de deux enfants à leur âge, j'étais pourtant toujours aussi immature et irresponsable. Corinne n'avait pas hésité longtemps à me foutre dehors préférant s'alléger d'un enfant majeur : moi.

Ce que je redoutais ne tarda pas à arriver. Des allées et venues incessantes le jour devenaient douteuses. Le type de visites de ce jeune homme ne semblait pas correspondre au style de ma voisine. D'ailleurs, un soir pour la première fois en six mois je l'ai entendue crier. Elle avait visiblement mis la main sur un détail contrariant de la vie de son concubin. Une heure plus tard, ses gémissements ont remplacé ses cris. Il savait y faire... Mieux que moi a priori. Les semaines qui ont suivi étaient redevenues calmes et silencieuses. Le jeune homme s'était certainement racheté une conduite. Mais à partir du mois de novembre, je ne vis plus que ma voisine descendre seule les escaliers la mine grise et le regard triste.

Voilà que le retour de ces quelques souvenirs me ramène à une réalité douloureuse : Sophie n'est plus. Cette douleur est inexplicable, mais elle est là, dans mes tripes. Elle absorbe toute ma consistance et laisse en moi un vide abyssal. Je n'avais pas écrit une ligne valable depuis plusieurs semaines et depuis hier, l'inspiration m'avait rattrapé. Je me remis face à mon écran pour continuer le plan établi la veille et dresser le portrait des personnages principaux quand je fus pris d'un sursaut de lucidité. La police a-t-elle eu connaissance de cette relation houleuse ? Je n'avais absolument pas pensé à leur exposer les quelques détails de la vie de Sophie lorsqu'ils sont venus me questionner. Je m'attendais à ce qu'ils déroulent un questionnaire en entonnoir leur permettant de n'échapper à aucun détail.

Je sors la carte de ma poche et me décide à y aller directement. L'ambiance d'un commissariat me donnera certainement encore plus l'envie d'écrire cette histoire.

HÉLÈNE

Mercredi 26 janvier 2022

Il est dix heures, je me remémore la dernière image de ma sortie lundi matin. Sophie et son postérieur ferme. Je l'imagine tellement fort qu'une silhouette identique m'apparaît. Elle se retourne. Sophie... Avec deux dizaines d'années en plus.

Son visage ne m'est pas inconnu, en dehors du fait qu'elle soit le sosie de ma voisine. Mais je l'ai reconnue mardi à la télévision, je m'en souviens. Sa mère. Elle s'approche de moi l'air curieux et craintif à la fois. Nous nous toisons sans un mot pendant une longue minute. Elle brise la glace.

— J'ai l'impression de vous connaître, non ?

Je me dis que ça fait trop longtemps et pourtant elle n'a pas changé. Ce regard, ce sourire, ses mains fines. Jamais je ne pourrais l'oublier. Ce n'est pas son cas semble-t-il.

— Oh que oui... Hélène. Tu n'as pas changé. C'est moi, Vincent...

Elle a un mouvement de recul. Son regard s'assombrit. Elle détaille mon visage. C'est vrai que ma chevelure n'est plus tout à fait aussi fournie ni la teinte aussi uniforme. Quelques cheveux blancs sont venus griser mes tempes, et deux creux symétriques se sont formés sur le haut du front.

— Vincent...

Son visage se ferme un peu plus, elle porte sa main droite à la bouche, ses yeux s'embrument, elle se retourne et part en courant.

Je l'appelle, tente de freiner sa course mais rien n'y fait. Elle a déjà disparu au coin de la rue.

Comment expliquer cette coïncidence. Hélène, la mère de Sophie. Trente ans que je ne l'avais pas vue mais les souvenirs ressurgissent instantanément. Certainement la femme que j'ai le plus aimée. Peut-être grâce à l'esprit insouciant des vacances. Je venais de finir mes études de lettres, j'entamais une thèse que je ne finirais pas. J'étais parti avec Franck mon meilleur ami. C'était notre première fois sur la côte basque. Nous avions plutôt l'habitude de fréquenter les plages de la Méditerranée, Valence étant plus proche. Nous avions trouvé un petit camping pour y poser notre tente mais à vrai dire nous ne l'avions pas beaucoup utilisée. Les nuits s'étaient vite transformées en fêtes interminables, et les journées en longues siestes sur la plage. J'avais rencontré Hélène sur celle des Sables d'or, au nord de Biarritz. Elle était magnifique dans son maillot deux pièces rouge. Elle jouait tous les jours au Beach volley avec deux amies, Cathy et Vanessa. Je l'observais pendant des heures depuis ma serviette. Elle me jetait des coups d'œil curieux de temps en temps, jusqu'au jour où le ballon m'est tombé sur la tête alors que j'étais en plein rêve. Le soleil m'éblouissait lorsque j'ai levé la tête doucement. Elle était là devant moi, les doigts de pied vernis sous mon nez. Elle m'a adressé un salut rapide, avant de s'excuser. Elle m'a demandé si elle pouvait s'asseoir avec moi cinq minutes. Je lui ai fait une place à mes côtés et nous avons commencé à discuter. Elle passait ses vacances à Biarritz tous les ans depuis toute petite, sa grand-mère ayant un appartement pas très loin de là. Elle avait vingt ans, moi vingt et un. Elle faisait des études de droit et s'apprêtait à faire une maîtrise en droit privé pour ensuite s'engager dans une thèse, son objectif étant de devenir professeur d'université. En s'asseyant à mes côtés, elle savait très bien que j'allais l'embrasser. Nous le savions tous les deux. Notre premier baiser avait été électrique. L'appartement de sa grand-mère fut le terrain nos ébats les plus passionnés, les plus amoureux et langoureux. Je découvris avec Hélène l'alchimie physique et spirituelle, les sensations de manque, la douleur d'un sexe en érection permanente, les brûlures du bas-ventre au moindre toucher de mon amour de vacances. À aucun moment nous n'avions évoqué le fait de nous revoir, de programmer un week-end. Et pourtant nos sentiments étaient d'une puissance inexplicable. J'avais prolongé mon séjour d'une semaine, Franck étant parti plus tôt se sentant littéralement abandonné. J'aurais pu y retourner l'année suivante mais j'avais déjà rencontré Corinne. La curiosité ne m'avait chatouillé que lors de ma séparation dix ans plus tôt. À l'époque, je foulais la plage tous les jours du mois d'août en espérant la croiser. Je frappais à la porte de l'appartement de sa grand-mère qui l'avait vendu avant de partir en maison de retraite en Normandie. C'est un voisin qui m'avait renseigné voyant mon insistance à venir chaque jour devant cette porte muette. Je n'avais plus de repère.

Et là, elle réapparaissait dans des circonstances improbables alors qu'une autre vie disparaissait bien trop tôt, celle de sa fille. Je n'osais imaginer la douleur de cette mère. Je me sentais moi-même terrassé mais je n'avais aucun lien avec Sophie, et aucune raison de me plaindre. Son apparition soudaine et sa fuite me laissaient encore plus seul et désemparé. Trente ans plus tôt, c'est ce lien si singulier qui m'avait fait tant souffrir. Notre entente était parfaite, nos discussions fluides, nos caresses douces et lentes, nos phrases se terminaient dans la bouche de l'autre. Nous ne pouvions nous quitter jusqu'à ce matin de septembre où tous les vacanciers reprenaient la route de leur quotidien monotone. Nous nous étions promis de ne jamais oublier cet été mais de continuer notre route telle qu'elle filait avant de nous rencontrer. Nous nous aimions mais aucun n'avait eu l'audace et la faiblesse de l'admettre. Nous aurions pu continuer ainsi pendant des mois sans que le temps n'eût d'effet sur nous.

Mes pensées m'avaient entraîné jusqu'aux abords de l'avenue Daumesnil sans que je ne prête attention au parcours emprunté. J'avançais lentement sur le trottoir encore gelé en direction du commissariat la tête baissée, l'esprit plongé dans mes souvenirs. Les klaxons des voitures pressées s'excitaient à l'approche de mon corps mou et quasi inoccupé. Je pris soudain conscience de ma position au milieu de l'avenue quand la voiture grise me percuta. Ma conscience m'échappa.

SOPHIE

Mardi 26 octobre 2021

Sophie habitait Paris depuis déjà quatre ans, sa mère l'ayant forcé à quitter le nid familial pour se prendre en main et s'assumer. L'ambiance y était devenue toxique et anxiogène pour Patrick et Hélène. Patrick lui avait trouvé un poste dans le service marketing d'une grosse boîte de cosmétique. Elle n'y avait passé que quelques mois le temps pour son employeur de découvrir une collaboratrice lunatique et colérique, incapable de tenir les délais sur les projets confiés. Elle arrivait souvent à dix heures occultant ses obligations d'être présente en réunion de brief à neuf heures, de rendre compte à son chef de service ou d'utiliser son temps de travail à cette tâche pour laquelle elle était payée. Cette expérience avait donné raison à Patrick sur son discours jugé injuste par Hélène.

Sophie n'arrivait pas à s'en passer. Pendant ses études, pour travailler plus longtemps et être performante, elle avait découvert la puissance de la cocaïne. Elle avait testé la poudre magique juste une fois, pour réviser à fond ses partiels de mi-semestre. Pour ceux d'après, elle s'était juré de ne pas craquer. Elle avait réussi à tenir la nuit entière et la journée suivante sans coup de barre. Son cerveau semblait d'une vivacité extrême. Il était capable d'emmagasiner mille informations en les assimilant directement sans fatigue. Elle avait excellé au partiel d'économie internationale. Le contrecoup lui avait en revanche valu de dormir plus de dix-huit heures d'affilée. La dose ingurgitée ayant certainement dépassé la limite raisonnable. Malgré sa promesse intérieure, elle avait évidemment retouché à la drogue pour les examens de fin d'année. Elle était survoltée à tel point que sa mère avait remarqué ce changement d'attitude. Sophie était devenue agressive alors qu'elle avait toujours été douce et respectueuse. Elle avait eu un rapport privilégié avec elle par rapport à ses frères qui avaient cinq ans de moins. Sa mère avait dû l'élever seule dans ses premières années, abandonnant sa thèse pour assumer cet enfant. Sophie n'avait jamais connu son père. Il était mort dans l'année de sa conception. Il s'appelait Nicolas et était musicien. Sa mère l'avait croisé à Biarritz lors d'une soirée, ils avaient couché ensemble sur une pulsion et s'étaient quittés le lendemain. Ils se connaissaient pourtant depuis l'adolescence, Nicolas étant un enfant du Pays basque et Hélène passant tous ses étés dans l'appartement de Mamie Jo. Ils savaient donc l'un et l'autre que cette nuit ne signifiait rien. Aucun sentiment ne les avait jamais liés si ce n'est celui d'appartenir à la même région, fréquenter les mêmes plages et les mêmes bars. Lorsqu'elle avait eu connaissance de sa grossesse, Hélène avait tenté de le joindre. Elle n'aurait rien attendu de lui, elle souhaitait simplement l'informer par correction. « Quel individu ne voudrait pas connaître l'existence de son enfant quelle que soit l'intensité de la relation avec l'autre parent ? », avait justifié Hélène à sa fille certainement pour se donner bonne conscience. En contactant la mère de Nicolas, ce dernier restant introuvable, elle avait appris qu'il s'était tué dans un malheureux accident de voiture. Seul, en rentrant d'un concert à Toulouse au début du printemps. Il s'était endormi au volant de sa Peugeot 205.

C'étaient les seuls détails que Sophie connaissait sur son père et des conditions de sa naissance. Sa mère avait choisi de garder ce bébé qu'elle aimait déjà, sacrifiant une partie de sa vie. Leur relation était naturellement passionnelle et Sophie avait grandi dans un bain d'amour voire une marée étouffante. Patrick, que sa mère avait rencontré rapidement après sa naissance, trouvait difficilement une place autour de cette filiation fusionnelle, et réussissait encore moins à s'imposer comme un père de substitution. Sophie avait cinq ans lorsque ses frères sont nés. Des jumeaux, des vrais. L'année suivant la naissance, elle s'était sentie très seule, abandonnée. Elle se souvenait de bribes, de moments de profonde tristesse. Sa mère étant très occupée à gérer ces bébés envahissants. Lorsqu'enfant, elle partait chez mamie Jo à Biarritz, elle prenait une dose de réconfort et d'attention. C'était sa bulle de calme. Elle se remémore avoir besoin de moment seule avec sa mère sans toutefois parvenir à capter son attention suffisamment longtemps. Il fallut cinq ans encore pour que Sophie retrouve un peu de sérénité et de complicité avec elle, les jumeaux étant devenus plus autonomes. Patrick était aussi plus intéressé par ses fils qui parlaient bien et étaient capables de faire du vélo, jouer au foot ou s'amuser dans la piscine. Elle réalisait n'avoir jamais partagé ce genre d'activité avec son beau-père. Il lui confiait plutôt des responsabilités comme garder ses frères durant une heure ou surveiller le four. À l'âge de douze ans, elle s'occupait de ses frères le temps d'une soirée ou d'une après-midi entière. Elle détestait ça même si elle les adorait. Sa mère la félicitait systématiquement mais ça ne suffisait pas à développer son amour de soi. Patrick, lui, se fendait d'une pièce de deux euros en guise de récompense. Tout était monnayable selon lui.

Dès le collège, elle était devenue la fille populaire, celle qu'il était indispensable de fréquenter. Elle avait

plein de copines mais pas vraiment d'amie. Elle enchaî-
nait les flirts à treize ans. Puis, elle connut sa première
relation sexuelle à quinze ans avec Kevin, un rugbyman
du lycée. Toutes les filles étaient amoureuses de ce grand
sportif musclé. C'était donc un challenge naturel que de
séduire le plus beau pour la plus renommée des lycéennes.
Sans âme, sans sentiment, sans envie, juste par fierté.
Elle adorait avoir ce pouvoir tout en se détestant de salir
son corps aussi peu dignement. Elle avait accumulé les
conquêtes jusqu'en Terminale. De populaire, elle était
devenue méprisable. Étonnamment elle assumait beaucoup mieux ce statut. Être populaire impliquait la perfec-
tion, le soin permanent, l'attirance, la sympathie. Elle ne
se sentait que vide. En étant détestée, elle n'avait rien à
prouver. Tout pouvait s'améliorer.

Les relations à la maison étaient devenues insuppor-
tables. Elle ne pouvait pas passer un repas sans agresser
un de ses frères, Patrick ou sa mère. Ce n'est qu'en décou-
vrant le pouvoir de la drogue qu'elle retrouva du calme,
de la plénitude. Elle était passée de chienne enragée à pile
électrique. C'est ce changement radical de comportement
qui avait éveillé les soupçons de sa mère. Cette dernière
lui avait proposé d'aller consulter un psychologue, com-
prenant que son enfance avait certainement laissé des
blessures et un manque. Elle n'imaginait pas à quel point.
C'est grâce à ces séances que Sophie avait pu financer sa
drogue. Elle prétextait le besoin pressant de parler pour
rapprocher les séances et obtenir plus d'argent de sa mère.
Le petit manège avait duré quatre ans avant que Patrick
ne découvre le pot aux roses. Elle avait retrouvé ses valises
devant la porte, sans explication. Virée de chez elle en
plein Master, elle avait d'abord résidé chez Mathilde sa
meilleure amie, avant de trouver un compromis avec sa
mère : elle devait se sevrer et rembourser l'argent. Ce

fut la période la plus difficile de sa vie. Il lui a fallu un an pour être totalement sevrée. Elle s'était rabattue sur le cannabis pour réduire les douleurs et l'aider à dormir. Elle avait décroché son diplôme malgré ses difficultés et pour démarrer une vie indépendante, elle avait pris un poste de chef de produit dans une petite entreprise de Rouen. Le temps de se constituer une petite réserve malgré sa forte consommation de cannabis.

Arrivée sur Paris en 2017, Sophie avait d'abord continué à se fournir auprès de son dealer normand dès qu'elle rentrait certains week-ends. Les tensions avec sa mère étant telles, qu'elle n'eut plus la force de franchir la porte d'Auteuil. Pour payer ses dettes, elle avait pris des extras comme serveuse dans un bar rue de Lappe dans le XIe. Elle n'eut aucun mal à trouver un fournisseur de choix avec les fréquentations de cette rue festive. Il s'appelait Boubou. Il était saoudien, en attente d'une régularisation de sa situation. Il vendait du crack, du shit, de la beuh, de la cocaïne, des ecstasys et autres cachetons envoyant n'importe quelle espèce dans le pays des rêves. Ils se donnaient rendez-vous au bar, elle sortait fumer une cigarette pour un échange discret. Il ne connaissait ni son identité ni son adresse jusqu'au mois d'octobre. Elle lui devait une certaine somme d'argent et avait volontairement changé ses horaires pour éviter de croiser Boubou. Le patron de l'établissement, Miguel, l'avait prévenu à son retour qu'un type la cherchait. Il l'avait menacé de revenir avec ses cousins pour mettre à sac le bar s'il ne donnait pas l'adresse de Sophie. Miguel en patron protecteur n'avait jamais cédé aux menaces de Boubou jusqu'au jour où un grand black le mit en joue. Pourtant commerçant depuis vingt ans dans ce quartier animé, Miguel n'avait jamais connu une telle peur dans son propre établissement. L'adresse de Sophie avait été révélée au profit de sa vie à lui.

Sophie était rentrée chez elle après le boulot ce mardi 26 octobre. Boubou l'attendait devant la porte cochère, bras croisés, la mine défaite. Aucune issue n'était envisageable. Sophie était une fille gentille et paumée, Boubou le savait. Il n'avait jamais eu l'intention de lui faire du mal, seulement l'intimider. Il lui expliqua que le délai de remboursement avait été largement dépassé, qu'il ne pouvait plus rien pour elle. Son boss l'attendrait au Bambu restaurant à Aubervilliers le samedi suivant à onze heures. Sophie était remontée nauséeuse dans son appartement vide, Marc avait dû partir faire une mission de quelques jours.

Mille euros ce n'était pas si compliqué à trouver. Elle ne pouvait pas demander à sa mère, ni à ses frères. Cette dernière option était exclue. Ses frères étaient tellement fayots qu'ils raconteraient inévitablement cette anecdote croustillante à leur papa chéri. Mamie Jo ne pourrait certainement pas la dépanner d'une si grosse somme en liquide. Elle réfléchit à ses économies en banque mais il devait lui rester deux cents euros sur son livret A. Elle ne voulait pas taper sa collègue Marion. Encore moins son amie Mathilde.

Il ne lui restait qu'une solution, un peu tordue mais si elle était maline elle devrait s'en sortir.

VINCENT

Les sirènes tapaient dans ma tête comme un marteau-piqueur au coin de la rue. Un homme s'agitait au-dessus de moi en tentant de me réanimer. Je compris enfin où je me trouvais quand je vis les appareils connectés à mes bras et mon torse. La douleur se réveilla à ce même instant comme si mon cerveau avait juste besoin d'être éteint pour que le corps ne ressente rien. L'homme, âgé d'une quarantaine d'années fut soulagé en voyant mon regard éclairé, il m'envoya un jet de lumière dans l'œil droit puis dans le gauche. Il tenta une conversation :

— Monsieur, vous savez où vous êtes ?

— À Paris.

— Oui, c'est pas mal. Mais savez-vous ce qui vous est arrivé ?

— Je me rappelle juste d'une voiture grise sur l'avenue Daumesnil.

— En quelle année sommes-nous ?

— 2022.

— Comment vous appelez-vous ?

— Vincent Ruvillon.

Il me montra trois doigts en me demandant combien j'en voyais. J'ai dû répondre correctement car le pompier se mit à me parler avec un débit soutenu.

— OK, vous avez été percuté par un véhicule, nous vous avons pris en charge pour vous transférer à l'hôpital Saint-Antoine. À première vue, vous devriez vous en sortir avec quelques fractures mais il faut que vous passiez des examens pour s'assurer qu'il n'y a aucun traumatisme crânien.

— ...

Ce que je venais d'entendre me replongea dans ma dernière expérience avec l'hôpital. Février 2001. Nous venions de nous installer à La Plagne avec Corinne et les enfants. Ils étaient surexcités à l'idée de faire du ski. Ils avaient déjà vu quelques flocons mais ils n'avaient jamais eu l'occasion de glisser dessus. À peine sortis avec leurs bottes de neige flambant neuves, et leur combinaison quechua, ils se mirent à se rouler dans la neige sans prêter attention une seule seconde à leur environnement de proximité. La combinaison rose de Laure aura gardé sa couleur cinq minutes avant qu'une luge en bois aux larmes acérées vienne entacher son habit d'un rouge vif sanguinolent. Une entaille de vingt centimètres de long nous avait valu un séjour aux urgences de Bourg Saint Maurice. Elle avait perdu tellement de sang qu'elle a dû être transfusée et opérée pour arrêter l'hémorragie. Notre séjour tant attendu au ski s'était transformé en veilles inquiétantes au chevet de notre fille. Le seul moment qui aurait pu être un souvenir mémorable dans un autre contexte était le vol en hélicoptère. Laure n'avait que cinq ans à l'époque et sa carrière de danseuse professionnelle était devenue un fantasme même si je n'avais pas misé grand-chose sur son rêve sportif de petite fille. Les angoisses vécues à cette période m'avaient fait juré de ne plus jamais mettre un pied dans un hôpital. Heureusement jusqu'à aujourd'hui, je n'avais pas eu à revivre cette ambiance javellisée. Corinne s'était chargée de toutes ces corvées médicales pour les enfants.

Je me demandais encore ce que j'avais bien pu avoir en tête pour rêvasser au point de ne pas joindre mon esprit à mon corps quelques minutes plus tôt. Le pompier enchaîna :

— Serrez ma main.

Ma main avait assez de force pour lui broyer les phalanges mais il insista pour que je continue avec mon autre main. Ensuite, il passa aux orteils. Il me demandait de les bouger, ce que je faisais assez facilement sauf avec mon pied droit qui ne répondait pas aux ordres envoyés par mon esprit. Je ne sentais plus ma jambe droite ce qui était relativement confortable, l'autre me faisant atrocement souffrir.

— Monsieur Ruvillon, nous arrivons à l'hôpital, vous allez être pris en charge. Soyez courageux.

Je ne comprenais pas pourquoi il me disait ça. J'ai toujours eu du courage dans la vie. Faisait-il référence au fait que Valente devait passer le jour même, vérifier que je m'étais mis au boulot alors que je risquais d'être absent pour un petit bout de temps. Bizarrement je ne réalisais pas ce qui venait de se passer. C'était comme si mon cerveau avait quitté mon corps, j'avais mal mais rien ne semblait réel. C'est certainement ce qu'on appelle un état de choc.

Le véhicule s'immobilisa, les trois pompiers s'affairèrent pour faire descendre mon lit provisoire et, celui qui m'avait accompagné jusqu'alors, cria à l'urgentiste « homme de cinquante ans, renversé par une voiture, risque de fracture à la jambe droite, hématomes multiples sur le torse et le dos, choc frontal, aucune réaction à la palpation de la jambe droite ». L'urgentiste enchaîna tout en me poussant dans le hall aseptisé de cet hôpital. Je vis une femme allongée dans le couloir avec des tubes accrochés à son nez, une vieille dame endormie sur une chaise inconfortable, une maman faisant les cent pas avec son bébé de six mois hurlant dans ses bras. Une ambiance que j'avais volontairement occultée, et qui me renvoyait les images, les émotions, les odeurs que j'avais détestées vingt ans plus tôt. Je me laissais transporter d'un lit à un autre pour faire des analyses, des radios, des scanners jusqu'à ce qu'un médecin vienne m'annoncer que j'allais passer au bloc pour une fracture du genou droit et l'obstruction de l'artère tibiale. Il me demanda qui je souhaitais prévenir mais aucun son ne sortait de ma bouche, ma vue se brouilla puis plus rien.

Lorsque je rouvris les yeux, un mur beige crasseux s'étendait devant moi. Sur ma gauche, une baie vitrée donnait sur le parc. J'avais le privilège d'être seul, certainement parce que mon appareillage était bruyant et encombrant. Mon agent se tenait sur la droite dans un fauteuil visiblement confortable puisqu'il y dormait profondément. Une petite télé à écran plat faisait face à mon lit médicalisé. Un placard aux portes d'un bleu qui ne se faisait plus habillait le mur principal de la chambre. Une infirmière certainement reliée à mon rythme cardiaque fit son apparition quelques secondes après mon réveil. Elle avait le teint pâle, des cernes sous ses yeux marron alors qu'elle devait avoir fêté ses vingt-cinq ans la veille. Elle me fit un sourire rassurant qui révéla une dentition parfaitement alignée et blanche.

— Comment vous sentez-vous ?

— Vivant, c'est déjà pas si mal, lui répondis-je en faisant un effort surhumain pour articuler.

— Vous avez été opéré et tout s'est bien passé. Le chirurgien passera vous voir dans quelque temps pour vous expliquer. Essayez de boire un peu d'eau et de manger la compote. Si vous avez besoin de quoi que ce soit, vous appuyez sur le bouton rouge.

Elle me montra le fil attaché à mon lit au bout duquel un bouton-poussoir rouge était fixé. Ce cours échange suffit à réveiller Richard de sa sieste clandestine. Il devait être assis là depuis un bon bout de temps à voir ses yeux rougis par le sommeil et la marque du fauteuil gravée sur la joue gauche. Il se redressa, gêné de s'être laissé aller et retrouva ses esprits en une seconde.

— Oh putain, tu m'as fait une de ces trouilles ! Content de te voir mon pote même si les nouvelles sont mauvaises

— Au point où j'en suis.

— Grasset nous a lâchés.

— Tu sais ce qu'on dit : « Un de perdu, dix de retrouvés. »

— Je vois que tu n'as pas perdu ton sens de l'humour. Bon comment tu te sens ? Y parait que tu es passé à un cheveu du Paradis ?

— Je me sens vaseux et dans les choux mais ça va. Et toi ? Comment se fait-il que tu sois là ?

— Apparemment tu n'as pas été foutu de leur donner le nom d'un proche alors ils ont appelé le dernier numéro de ton historique d'appel. Tu n'as pas beaucoup d'amis on dirait, me lança-t-il peiné.

Richard était fier de savoir qu'il était le seul à m'appeler et inquiet à la fois, je le voyais dans son regard. On se connaissait depuis quinze ans au moins, depuis mon premier roman. Et notre relation aussi professionnelle soit elle a toujours été ambiguë et à la limite de l'amitié. Le voir à mon chevet dans de pareilles circonstances me confirmait son attachement secret à ma petite personne.

— Bon je vais pas t'emmerder avec ton roman aujourd'hui, mais dès que tu te sens en forme rappelle moi pour qu'on discute du plan B. Repose-toi bien mon pote !

Fallait-il que j'en arrive à cette situation pour réaliser le vide social au milieu duquel je vis depuis dix ans ? Même Franck ne m'appelait plus. Je devais être chiant. Un vieux con solitaire. J'en avais écumé des bars et des fêtes pourtant, taper des discussions interminables avec des inconnus à trois heures du matin. La moitié des contacts de mon répertoire téléphonique n'étaient que des inconnus rencontrés en soirée, ces personnes avec qui on est les meilleurs potes de la terre pendant deux heures. On se dit avec une naturelle évidence qu'on va se revoir mais on sait pertinemment que le seul point commun entre ces personnes et nous, c'est le lieu éphémère, le contexte spontané et le niveau d'alcool dans le sang.

La seule famille qu'il me restait était mon fils Paul, resté sur Paris, Corinne, qui ne voulait plus me parler, et ma fille, Laure, pour qui je n'existais qu'à moitié. Je ne pouvais que m'en vouloir si aujourd'hui le seul visiteur à mon chevet était mon agent désespérément accroché à un écrivain qui n'en avait que le nom.

Un homme en blouse blanche, d'un âge avancé et coiffé d'une charlotte bleue assortie aux portes du placard de la chambre fait son entrée quelques minutes plus tard. Il a l'air d'un sage avec son regard bleu connivent et sa bouille ronde dessinée par les rides. L'entretien dure cinq minutes pour m'annoncer que mon séjour dans son établissement devrait durer quelques jours. Mon traumatisme crânien est léger mais le choc peut générer des symptômes plus graves dans les heures suivant l'accident. L'opération a duré une heure. Il a dû mettre des broches pour souder la rotule. Il semble que je sois tombé dessus après le choc avec la voiture. L'hématome est important mais avec la glace et les antalgiques, il devrait se résorber en quarante-huit heures. Il me prévient de perte de mémoire ou de troubles visuels possibles dans les soixante-douze heures. Il me parle durant ces quelques minutes et pourtant j'ai le sentiment que sa voix s'éloigne petit à petit. La morphine fait bien son effet. Je baigne dans un nuage de coton et ne tarde pas à m'endormir avec en dernière image le visage d'Hélène.

SOPHIE

Le rendez-vous avec le boss de Boubou était demain matin. Le quartier choisi était totalement inconnu pour Sophie. Entre Front populaire et Aubervilliers, un univers encore marqué par la délinquance, les ghettos et la misère. Elle prit son service au bar à 18 heures après son « vrai » boulot. Elle accusait le coup. Depuis déjà un an, elle cumulait son emploi de chef de projet et d'extra dans ce bar où les soirées s'éternisaient. L'échéance de demain s'ajoutait à sa fatigue physique et la mettait dans un état de nerf assez intense depuis quatre jours. Il lui restait seulement douze heures pour récolter la somme et envisager d'être tranquille, au moins en ce qui concernait sa dette principale. Miguel ne reviendrait de sa pause que vers vingt et une heures. Il lui laissait généralement le bar en début de service pour aller dîner avec son fils. Elle était donc seule derrière le comptoir, Anaïs gérait la salle. Sa collègue avait dix-huit ans à peine, frêle et candide. Sophie savait qu'Anaïs la voyait comme sa grande sœur, un modèle qui ne faillit jamais. Elles se vouaient une confiance réciproque. Anaïs était le genre de fille à qui on peut tout demander. Ce genre de fille qui n'avait pas appris à dire non. Elle était de la campagne et avait

63

dû s'accommoder d'un petit frère gâté et d'une grande
sœur rebelle. Elle n'avait donc pas eu le choix que de se
faire petite pour assurer sa tranquillité. Petite, elle l'était
de taille, mais elle avait l'esprit vif et du répondant quand
elle avait bu un verre de trop. Le reste du temps, elle était
transparente et lisse, comme ses parents l'avaient habituée
à exister.

Le bureau de Miguel était dans l'arrière-salle à côté
de l'escalier menant à la réserve. Généralement, il le fer-
mait à clé mais il laissait toujours un double derrière les
bouteilles de vieux rhum en pensant que sa cachette était
bien gardée. Il n'avait pas tort.

Elle profita d'un moment où Anaïs discutait avec
quelques habitués pour filer vers la réserve, prétextant
aller chercher du soda. Le bureau était juste à côté des
toilettes. Elle devait s'assurer que personne n'y était
enfermé. Elle réussit à ouvrir rapidement la porte voisine
puis s'introduit dans la pièce plongée dans le noir. Une
fois certaine de ne pas avoir été vue, et la porte fermée,
elle sortit son téléphone en guise de lampe torche. La
recette de la semaine était généralement dans le tiroir
du bureau dans une enveloppe kraft. Bingo. Sophie mit
la main sur le butin en deux secondes. Une cinquantaine
de billets de dix, vingt, cinquante euros gonflaient exagérément l'enveloppe. Elle prit un gros paquet, compta
rapidement et glissa la liasse dans sa culotte. Elle entendit
des pas s'approcher, éteignit la lumière de son téléphone
et se baissa derrière le bureau. Trente secondes plus tard,
le sèche main se mit en route. Elle comprit alors qu'un
client était aux toilettes. Le champ serait libre rapidement.
Elle se releva, sortit doucement du bureau, eut juste le
temps de fermer la porte à clé lorsqu'une femme rousse,
au teint hâlé, sortit de la pièce d'à côté. Son regard était
glacial et déclencha chez Sophie des palpitations. Elle se

sentit rougir immédiatement. Dans un timide « bonsoir », Sophie dévala les escaliers menant à la réserve et glissa les billets dans son sac, resté en sécurité entre les fûts de bière et les bouteilles consignées.

Quand elle remonta, Miguel était là, derrière le bar, l'œil bas mais le sourire étincelant. Il était de ces hommes ternes, discrets et doux que la vie n'a pas épargnés. Le visage de cet homme était dessiné par les échecs, les deuils, et les épreuves de son existence. Alors quand un sourire comme celui de ce soir s'affichait sur son visage, il n'était pas question de lui ôter cette parenthèse de bonheur. Le cœur de Sophie se mit à battre encore plus fort en pensant à la gentillesse de Miguel, son soutien malgré son manque de ponctualité et ses excès. Elle savait combien Miguel allait être déçu. Elle n'avait pas le choix. Et régler sa dette envers Boubou était une partie de la solution, quelle que soit la provenance de l'argent. C'était la seule issue qu'elle avait à sa disposition même si Miguel était la dernière personne que Sophie voulait trahir.

En levant la tête, il la salua chaleureusement. Elle remit la clé à sa place et se retourna vers la salle. Une deuxième série de palpitation l'inonda. Miguel venait de prendre place devant la femme rousse. Sophie n'avait plus qu'à espérer que ce soit le plan sexe de Miguel du moment. Ce qui expliquait probablement son visage illuminé.

La soirée se déroulait plutôt bien même si Sophie n'arrivait pas vraiment à calmer son cœur emballé. Elle savait que tant qu'elle n'aurait pas remis l'argent à sa place, rien ne pourrait l'apaiser. Elle avait atteint la limite avec cette situation inextricable. Elle avait besoin de se confier, c'était impulsif. Mais à qui ? La seule personne à laquelle elle pensait était Mathilde, son amie d'enfance. Mais elle ne comprendrait pas. Mathilde avait perdu son frère d'une overdose. Savoir que Sophie était une junkie l'aurait achevée. Marc était la dernière personne à qui elle pouvait parler de ce qu'elle venait de faire. Il était déjà très borderline avec tout son entourage. Il était hors de question de lui montrer son côté sombre.

Le monde affluait dans le bar et Sophie n'eut plus le temps de penser à ses soucis, ce qui l'arrangeait plutôt bien.

Malgré les petits coups d'œil de la rouquine, Sophie passa la soirée plutôt sereine. Elle profita d'un petit moment tranquille pour rejoindre Miguel et tenter une approche.

— Un cocktail à ma façon, ça vous tente ?

— Bonne idée ça, rétorqua la rouquine

Et la voilà partie pour tenter de gagner la confiance du témoin gênant. En espérant que l'avoir croisée en sortant du bureau n'ait pas été un sujet mis sur la table.

— Et voici deux cocktails by Sophie ! Gin, cointreau, citron vert, pamplemousse et une pointe de perrier. J'espère qu'il sera bientôt à la carte.

— Belle création Sophie, flatta Miguel.

Il sirota le cocktail avec une mine satisfaite puis enchaîna :

— Dis-moi Sophie, tu as l'air très préoccupée ce soir, tout va bien ?

— Quelques soucis de famille mais rien de grave, t'inquiète

Sophie s'éloigna rapidement de la table pour éviter les questions mais ça ne suffit pas. Il la rappela. Elle commençait à angoisser à nouveau et hésita à lui avouer son délit. Mais elle n'eut pas le temps de commencer sa phrase.

— Sophie, je ne t'ai pas présenté ma sœur Solène. Elle est de passage sur Paris alors elle est venue voir comment le bar tourne. Elle est mon associée, je t'en avais parlé, non ?

— Euh... Oui sûrement, balbutia Sophie. Enchantée de faire votre connaissance. J'espère que l'ambiance vous plaît ?

— Oui c'est très sympa ici. Les gens sont accueillants, ça me change de ma campagne enchaîna Solène.

— Vous êtes de quel coin ?

— Périgueux. C'est beaucoup moins animé !

Solène et Miguel se mirent à rire. Sophie lança un sourire coincé en retour. Elle avait du mal à se joindre à l'apparente décontraction de la fratrie.

Miguel fit un clin d'œil à Sophie qui ne savait pas comment l'interpréter. Était-ce un signe de complicité ou celui qui signifiait « attention, je sais tout ». Elle se dit au même instant qu'elle est peut-être allée trop loin en abusant de la gentillesse de Miguel. N'est-ce pas le prendre pour un lapin de six semaines ? En même temps, quelles sont ses options jusqu'à demain ? Miguel lui fait moins peur que Boubou et sa bande. Elle préfère de loin se faire rappeler à l'ordre voire virer par son boss qu'éliminer par son dealer. À Rouen, elle avait eu affaire à un type énervé envers qui elle avait une dette. Le règlement de compte subi avait laissé des traces bien plus visibles que le trou sur son compte bancaire. Il n'était pas question qu'elle revive cet épisode.

Deux heures du matin, les grilles des bars alentour glissaient tour à tour jusqu'aux pavés de la rue de Lappe, enfin vidée de ses assoiffés du week-end. Quelques badauds alcoolisés se dirigeaient vers la station de taxis ou la rue du Faubourg Saint Antoine. Sophie ferma le bar en tenant fermement son sac, son contenu étant bien trop important. Elle se sentait épuisée physiquement tout en ressentant une énergie nerveuse intense. Il fallait absolument qu'elle dorme un peu pour gérer au mieux cette rencontre. Une fois l'argent remis à Boubou, elle pourrait considérer ce mauvais moment comme une histoire ancienne. C'était l'occasion inespérée de tourner définitivement la page de sa dépendance et de sa vie de débauche. Un signe envoyé par le ciel pour la remettre sur le droit chemin, tout comme cet appartement qu'elle avait dégoté en juillet dans l'immeuble qu'elle voulait. Les coïncidences ne pouvaient pas qu'être le fruit du hasard se disait Sophie. En affabulant sa théorie d'une toute-puissance guidant le monde et ses habitants, elle déambulait à pas léger dans les rues du XIIe arrondissement quand son téléphone vibra.

L'expéditeur qui apparut sur la notification du message la rappela à sa triste réalité. Elle ouvrit le message, angoissée. Elle aurait finalement beaucoup de mal à trouver le sommeil ce soir.

VINCENT

Jeudi 27 janvier 2022

Je venais de passer une nuit agitée et douloureuse quand l'infirmière rentra dans ma chambre surveiller mes constantes et mon état général. Elle me proposa d'augmenter la dose de morphine, ce que je déclinais. J'avais toujours refusé de calmer mes maux par des médicaments addictifs. J'avais suffisamment de vices pour me rajouter celui du toxicomane. Mon père m'avait éduqué comme un homme, il fallait souffrir, résister, montrer sa force, jamais faiblir. Admettre que j'avais mal était déjà pêcher.

Il était à peine six heures. Dans les rues de Paris à cette heure-ci peu d'âmes se rendent visibles hormis celles en peine. Pourtant dans un hôpital, l'activité est déjà forte. Les chambres sont visitées les unes après les autres jusqu'à huit heures, les petits-déjeuners frugaux sont servis puis débarrassés pour que les visiteurs matinaux puissent trouver une chambre propre à leur arrivée. Ma seule visite matinale fut celle du lieutenant Bourdieu. Le traumatisme crânien ne m'avait pas permis d'oublier la raison qui m'avait poussé à emprunter le dernier boulevard foulé la veille. Richard avait appelé Bourdieu pour le prévenir de mon accident au cas où il me chercherait à mon appartement.

— Vous ne vous êtes pas raté Monsieur Ruvillon.

— C'est la voiture qui m'a renversé qui ne m'a pas raté si je peux me permettre de rectifier.

Un rire gras sortit de la bouche du lieutenant avant qu'il ne passe au vif du sujet. Il était décidément de bonne constitution ce flic.

— Monsieur Valente m'a informé que votre mémoire vous avait rapporté certaines informations pouvant être utiles à l'enquête ?

— En réalité, je ne vous ai pas tout dit. Je ne voulais pas passer pour un voyeur mais la nuit de lundi à mardi j'ai effectivement entendu des pas dans le couloir. J'ai donc été regarder par le judas. J'ai aperçu un homme d'une trentaine d'années avec un sweat gris à capuche s'introduire dans l'appartement de Sophie.

— C'est intéressant, ça rejoint ce que disait la concierge de l'immeuble. Et vous avez réussi à voir son visage ?

— Il a tourné le visage rapidement en direction de ma porte mais pas suffisamment longtemps pour que je puisse en faire une description. Tout ce que je peux dire c'est qu'il était brun. Il faisait assez sombre, la lumière du couloir n'était pas allumée. Son allure me semble familière comme si je l'avais déjà croisé.

— Et pour quelle raison vous n'avez pas jugé utile de me le dire mardi matin ?

— Comme je vous l'ai dit je ne suis pas forcément fier de surveiller mes voisins. Et pour être honnête je crois que je voulais suivre ma propre enquête. Ma situation actuelle prouve mon erreur.

— Et ça vous arrive souvent ?

— De mener des enquêtes pas vraiment. En même temps, il n'y a pas souvent de meurtres autour de moi.

— Non, je parlais de surveiller vos voisins ?

— Non, seulement quand les bruits me semblent suspects.

Le lieutenant notait sur son carnet quelques mots. Certainement des adjectifs qualificatifs pour décrire mon profil psychologique, et déterminer si je devais faire partie de la liste des suspects.

— Avez-vous observé d'autres faits et gestes « suspects » ces derniers temps ?

— Sophie était une voisine plutôt calme, ce qui n'a pas toujours été le cas.

— Expliquez, questionna le lieutenant qui s'approcha un peu plus de mon lit pour ne rater aucun détail.

— Dans l'automne on a eu droit à quelques scènes de ménage suivies de réconciliation sur l'oreiller.

— Sophie Jaland avait donc un petit ami selon vous ?

— Lieutenant, sans vous manquer de respect, c'est à vous de trouver ce genre de détail non ?

— J'ai une petite idée mais je préfère vérifier mes informations si vous le permettez. Et vous avez l'air de savoir beaucoup plus de choses que ce que vous prétendez.

— Elle avait aussi la visite d'une petite blonde assez souvent. Mais elles étaient discrètes.

— Et depuis cet automne, plus rien ?

— Je crois que son histoire s'est terminée car je n'ai pas revu ce jeune homme depuis, sauf peut-être la nuit après le meurtre.

— Vous voulez dire que l'homme qui est venu l'autre soir serait son ex ?

— Je ne sais pas, je fais le lien en vous parlant. Son allure pourrait effectivement me faire penser à lui.

— Et connaissez-vous son nom ?

— Vous devriez demander à sa mère, Hélène Jaland ou à la petite blonde.

— Bien, merci pour ces éléments, je pense que je n'ai pas à m'inquiéter que vous preniez la fuite vu votre état. Reposez-vous bien finit-il en se dirigeant vers la porte.

— Lieutenant ? Vous pourrez me tenir informé de l'enquête ?

— En tant que voisin vous n'avez pas accès à ce genre d'information. Vous devriez demander à sa mère.

Le lieutenant Bourdieu quitta la pièce, fier de son retour de bâton avec un sourire en coin. La douleur me lançait atrocement mais ma fierté prenait le dessus. J'avais décidé de tenir bon et de ne pas appeler l'infirmière.

J'attrapai mon téléphone et appelai Paul, mon fils. Il avait été prévenu la veille par Valente également. Il passerait me voir en fin de journée. Il habitait Paris et pour rien au monde ne quitterait cette ville. Paul était un bosseur exigeant et ambitieux. Il aimait travailler, mais pas pour des choses futiles ou sans intérêt pour lui. Il voulait faire avancer les choses quand il détectait un dysfonctionnement et ne supportait pas d'être un simple exécutant. Il avait choisi la voie de l'entrepreneuriat dès sa sortie de l'ESSEC six mois plus tôt. Ses stages dans des grands groupes l'avaient définitivement convaincu que le modèle hiérarchique de ces organisations était révolu. Aucune latitude n'était offerte pour permettre aux collaborateurs d'intervenir sur des sujets en dehors de leur fiche de poste. Alors pour les stagiaires, même les plus innovants et dont l'initiative était le leitmotiv, le rôle se limitait à la stricte définition prévue dans la convention écrite avec l'école. Il avait pourtant eu la prestigieuse récompense de major de promo pour son mémoire sur les bienfaits du co-développement sur les performances de l'entreprise industrielle.

Il avait donc décidé de monter sa boîte de coaching pour entreprises désorganisées. C'est ce que j'ai retenu de ce projet. Il lui restait un an avant de commencer à rembourser son prêt étudiant mais il était optimiste. Il avait réussi à vendre son audit auprès de deux fournisseurs de l'entreprise dans laquelle il avait réalisé son stage. Ce qui m'impressionnait le plus était la manière dont il arrivait à capter ses clients. LinkedIn m'avait-il dit. « Qui dîne ? », lui avais-je répondu. À ce moment-là, j'ai compris que nos mondes étaient devenus trop lointains pour que je rejoigne le sien.

J'avais plus de mal à contacter Laure bien qu'il soit déjà seize heures à Sydney. Elle était partie en juin avec son compagnon pour monter un restaurant collaboratif. Je n'ai toujours pas compris le concept mais Laure a toujours été brillante dans le domaine créatif. Ils avaient trouvé le local, les partenaires. Ils attendaient simplement le financement. Simplement. Drôle de vision. Pour notre génération le financement était la première chose à trouver pour assurer la concrétisation de nos projets. Pour les jeunes, leurs rêves étant tellement passionnés, les banques ne pouvaient que les suivre. Laure m'en voulait encore de mon absence. Je ne la voyais quasiment plus depuis ses seize ans, un jour de trop dans ma vie.

Ce jour-là, une fois n'est pas coutume, j'étais en pleine inspiration. J'écrivais depuis deux jours quand je décidai d'allumer mon téléphone resté en mode avion. Il se mit à vibrer dans tous les sens. D'abord une notification de l'anniversaire de Laure, puis une quinzaine de SMS injurieux. Nous avions prévu d'aller manger « Chez Paulette » où elle m'attendait depuis une heure avec sa mère et son frère. Ils ont considéré que j'avais juste oublié, ce qui était presque vrai, mais à aucun moment ils ne se sont inquiétés. Ce fut le point de non-retour pour Laure et sa mère. La solidarité masculine a permis de ne laisser aucune trace sur le jugement de Paul. Enfin c'est ce qu'il laisse paraître.

Il est à peine onze heures trente lorsque je vois arriver un plateau apporté par une aide-soignante au sourire absent. Adeline selon son badge. Mes cotes me font souffrir le martyre lorsque je me soulève pour avoir une position plus confortable. La mixture orangeâtre à côté du steak haché trop cuit me laisse entendre qu'il s'agit d'une purée de carottes. C'est à ce moment-là qu'on regrette la purée de la cantine au collège ou la bonne boîte de raviolis. Laure me sauve in extremis de ce suicide culinaire.

— Hey, how are you darling?

— Salut papa, me répondit froidement Laure. Je n'ai pas beaucoup de temps, qu'est-ce que tu veux ?

Laure n'avait jamais le temps, en tous les cas pas pour moi. C'était une femme directe, explosive et rancunière.

— Rien de spécial, je voulais prendre des nouvelles c'est tout.

— Papa... Me prend pas pour une idiote. Paul m'a prévenue. Je sais qu'il se passe quelque chose sinon il n'aurait pas insisté pour que je te rappelle !

— OK OK, tout va bien ne t'inquiète pas mais j'ai eu un petit accident. Je suis à l'hôpital. Ce genre de circonstances me rend un peu sentimental et je pense à mes enfants, voilà tout. Et toi comment vas-tu ? Ton projet avance ?

— Ça va pas trop mal, on court après les papiers pour les banques mais on devrait en trouver une rapidement. En tous les cas elles ont toutes été emballées par l'aspect innovant du projet. Mais et toi tu as quoi exactement ? C'est grave ?

— Je ne pense pas, ils m'ont opéré d'une fracture de la jambe, et j'ai un léger traumatisme crânien.

— Ah quand même ce n'est pas rien. Maman est au courant ? Tu veux que je la prévienne ?

— Non, non, ne la préviens surtout pas s'il te plaît, elle n'a pas besoin de se rajouter des ennuis après tout ce que je lui ai fait.

Je ne sais pas pourquoi je suis parti sur ce terrain, je risquais de lancer ma fille dans un monologue acide et venimeux mais finalement sa réaction était plutôt empathique.

— OK, je comprends. Et ton livre ça avance ?

— J'ai de bonnes idées. Dès que je pourrai tenir assis, j'ai de quoi le boucler en une semaine, mentis-je assurément.

Notre discussion a tourné court quand son jules l'a sollicitée pour une urgence domestique. Elle me promit de me rappeler vite.

Cet échange si différent du dernier, qui avait dû avoir lieu à Noël, me remit du baume au cœur. Elle avait réussi à ne pas m'assaillir de reproches, de pics amers et autres invectives injustifiées pour la plupart. La distance avait certainement réussi à panser ses rancunes. Je n'avais rien avalé et pourtant, j'avais tout d'un coup envie d'une cigarette, comme après un repas bien arrosé. J'appelai finalement une infirmière pour soulager la douleur. Je m'aventurai ensuite dans une lecture que Valente m'avait apportée. Je lus une page et m'enfonçai dans une sieste de plus de trois heures. À mon réveil, un ange apparut devant moi.

SOPHIE

Sophie n'a pas fermé l'œil de la nuit. Le message reçu en rentrant l'avait ramenée à la gravité de la situation. Elle se demandait si ne prévenir personne était finalement une si bonne idée. Remettre l'argent ne serait peut-être pas si simple. « Soit à l'heure et seule », quelques mots basiques, mais dans le contexte, ils devenaient complexes et lourds de sens. Sophie s'était imaginé les pires scénarios pendant toutes ces heures à tourner en rond dans son lit. Entre-temps, elle réfléchissait à un moyen de rembourser Miguel, à la façon de lui expliquer son geste. Cette question avait été rapidement réglée puisque tout ce qu'elle risquait était de se faire renvoyer d'un job non déclaré.

Le SMS provenait d'un numéro masqué, ce n'était donc pas Boubou l'expéditeur. Sophie était une angoissée de nature. Tout ce qui n'allait pas dans l'ordre des choses, du moins, dans son ordre à elle, la contrariait. Il lui fallait une énergie énorme pour s'adapter à l'environnement et aux codes imposés. La situation qu'on lui demandait de vivre était la pire de sa vie. Aucune connaissance du quartier, mais de forts a priori assez justifiés, identité de son contact inconnue, objet du rendez-vous hypothétique, issue totalement aléatoire. Un combo parfait pour une crise d'angoisse carabinée. À dix heures, elle était sur le quai de la ligne huit à Ledru-Rollin. Il lui fallait maximum quarante-cinq minutes pour arriver au Bambu restaurant à Aubervilliers. Elle avait refait le compte des billets empruntés à Miguel. Elle avait vu un peu large. Mille trois cent quarante euros étaient éparpillés dans son sac lorsqu'elle avait osé jeter un œil à son arrivée. Marc était parti quelques jours aider son ami Florent, propriétaire d'un haras à Orléans. Elle avait glissé mille euros dans une enveloppe et laissé le reste chez elle dans une boîte hermétique cachée dans le frigidaire. De l'argent frais. Elle changea de ligne à Madeleine pour prendre la douze en direction de Front populaire. Cet arrêt portait bien son nom. Pourtant la réhabilitation du quartier avait attiré beaucoup de couples, futurs parents pour y installer leur petite famille. De nombreuses résidences de standing avaient poussé autour de la Sorbonne. Des entreprises avaient élu domicile dans les anciens docks de la Plaine Saint Denis. Même la Sorbonne avait refait peau neuve. Et le projet du Grand Paris permettait désormais à Front populaire de devenir un simple arrêt de la ligne douze et non plus son terminus. Être un arrêt sur la ligne signifiait, inconsciemment, que cette commune, autrefois boudée, voire crainte, faisait partie intégrante de Paris.

Sophie arriva à son rendez-vous à l'heure. Elle respectait donc les consignes du texto. Le restaurant était fermé, aucune lumière ne filtrait. Boubou fit son apparition trente secondes plus tard, les cernes colorant exagérément le contour de ses yeux rougis par le joint du matin. Sophie allait sortir l'enveloppe de son sac lorsque Boubou lui fit signe de la suivre. Le geste sec et n'autorisant aucune réponse ne la rassurait pas.

Elle n'avait prévenu personne de son excursion hasardeuse. Elle était donc livrée à elle-même et n'avait plus qu'à espérer que son téléphone la localiserait en cas de disparition involontaire. Son cœur se remit à tambouriner comme la veille au soir dans le bar de Miguel. Elle suivait Boubou sans un mot, docile et apeurée. Elle ne lui connaissait pas cette facette dure et autoritaire. Il avait toujours le sourire lorsqu'ils se retrouvaient rue de Lappe. Ils leur arrivaient même de blaguer, de discuter de la famille de Boubou restée en majorité au Soudan. Elle voulut lui demander où ils allaient mais elle eut la réponse trop tôt.

Il se glissa dans un immeuble des années cinquante, dont l'entrée était ravagée par les squats quotidiens de ses habitants. Des bouteilles de bière, des restes de mac do, des culs de joints, des mégots de cigarettes, des bouteilles de coca vides et autres déchets malodorants tapissaient le sol du hall d'entrée. Ils montèrent deux étages jusqu'à se poster devant une porte bordeaux équipée d'un judas. La porte s'ouvrit sur un grand molosse tatoué et rasé. Il devait faire un mètre quatre-vingt-dix. Ses yeux noirs maquillés lui assuraient un regard ténébreux et camouflaient le vide abyssal de son cerveau.

— Dépêche-toi, entre.

Sa voix était aussi ténébreuse que son regard avec un soupçon de vibrato. Sophie n'en menait pas large dans cet univers totalement étranger et hostile. Elle restait collée au seul être connu, malgré le peu de confiance qu'elle lui accordait. Ils arrivèrent dans le salon, une pièce plongée dans l'obscurité quasi-totale, un nuage de fumée ajoutait à cet espace une ambiance des films de Coppola ou Scorsese. Elle aurait préféré être dans un de leur film à cet instant. Trois hommes lui faisaient face, tous façonnés dans le même moule et équipés du même déguisement de caïd : survêtement Adidas, chaussures de même marque et l'indémodable baise-en-ville louis Vuitton. Elle se crut dans un clip de Jul. Le plus jeune lui fit son plus beau sourire édenté et l'invita à s'asseoir.

— N'aie pas peur ma sœur. Si tu fais ce qu'on t'dit tout s'passera bien. Le problème c'est qu'on n'aime pas attendre tu vois. Et tu nous as fait attendre un peu trop longtemps si tu vois c'que j'veux dire. Alors tu vas nous filer le fric, et tu vas m'écouter attentivement.

C'était le plus âgé qui parlait. Il avait des bagues en or sur tous les doigts et une casquette grise trop large pour sa tête. Son regard était caché derrière d'énormes lunettes carrées. Il semblait être le boss.

Sophie se liquéfiait de terreur cette fois-ci. Elle ressentait sa transpiration sortir par tous les pores de son corps. Une sueur glaciale.

— Déjà, t'es vraiment chanceuse de nous voir en chair et en os, tu sais. On est connu ici nous, tu vois. Alors tu crois que je vais prendre le risque de me faire voir comme ça par une p'tite bourge comme toi, pour rien ?

Sophie ne savait pas s'il s'agissait d'une question, elle tenta toutefois une intervention timide.

— Euh non.

— Moi j'm'en fous de ta p'tite gueule, j'la défonce si j'veux OK ?

Cette fois-ci, elle comprit que ce n'était pas une question.

— Tu connais Marc Prades non ? C'est ton mec à c'qu'on m'a dit. Alors tu vas lui donner ça de la part de Mehdi et tu vas le prévenir qu'il me rapporte la tune dans une semaine sinon j'm'en prends à toi. C'est clair ?

Le plus jeune des deux lui tendit un sac énorme rempli de blocs de haschich. Tout se cala dans sa tête, comme si une clé venait d'y mettre de l'ordre. Elle était atterrée par la situation. Ce piège dans lequel elle était tombée la sortait totalement de son rêve d'évasion et de diversion. Et Marc en était le principal responsable. Elle comprit qu'elle n'avait été qu'un pion pour lui et son appartement, une planque. Il était parti depuis une semaine chez son pote et il s'agissait certainement de son plan initial.

En sortant de l'immeuble alors que Boubou l'escortait comme un client VIP d'un Palace parisien, il s'excusa de la tournure des évènements. Il semblait détendu désormais. Sophie comprit que son mutisme était causé par la peur qu'il lui arrive quelque chose.

— C'est d'aller voir ton boss et de choper ton adresse qui leur a mis cette idée dans la tête. Ils ont compris que ton appart était la planque de Marc depuis quelques semaines. Comme ton mec n'était plus joignable, il fallait bien le retrouver. Parce que, tu comprends, dans le métier on ne démissionne pas comme ça.

— Mais comment ils ont su que Marc était chez moi ?

— Ben, avant que je vienne t'attendre l'autre soir, ils avaient fait un repérage et ils vous ont vus sortir ensemble de l'immeuble. Et pas genre en inconnus. Ils ont bien vu que vous étiez ensemble.

— J'comprends rien. Marc a bien caché son jeu...

— Ça, je ne sais pas mais, c'est tout ce que je peux te dire, c'est que c'est un gros dealer et il travaille pour Mehdi depuis longtemps.

Elle mit le sac sur son épaule, et rejoignit la bouche de métro au pas de course. L'odeur qui s'en dégageait ne lui permettrait pas d'être très discrète. Elle décida finalement de commander un Uber. Elle, qui voulait cacher à Marc ses dettes, devenait une enfant de cœur à côté de lui. Il allait lui payer cher cette épée de Damoclès qu'elle se traînait au-dessus d'elle.

Arrivée à l'appartement, elle posa le lourd sac au sol et fonça sous la douche se laver de l'enfer qu'elle venait de vivre. Sa colère ne désamplifiait pas. Elle s'imaginait des scénarios plus tordus les uns que les autres pour faire payer à Marc sa duperie. Elle resta un moment, concentrée sur l'idée de vendre directement la drogue, ainsi elle pourrait profiter des bénéfices. Mais si elle choisissait cette option, Mehdi la traquerait pour qu'elle lui ramène Marc. C'est exactement ce qu'il lui avait demandé.

Elle appela mais tomba directement sur le répondeur. Elle lui laissa un message affolé en espérant qu'il l'écoute rapidement.

Elle s'avachit sur son canapé vert recouvert d'un plaid prit un coussin et le serra fort pour se réconforter. Elle sombra jusqu'à ce que son téléphone la sorte de son sommeil.

— Marc, putain, t'es où ? Il faut que tu reviennes à l'appart, c'est grave !

— Calme-toi Sophie, tu sais bien que je bosse là. Qu'est-ce qui se passe ?

— Pas au téléphone, reviens s'il te plaît, il faut absolument que je te parle de Mehdi.

Le silence de Marc comme seule réponse lui signifia qu'il avait compris. Il lui promit de rentrer dans la journée et raccrocha.

HÉLÈNE

Jeudi 27 janvier 2022

Hélène arrive dans le long corridor blanc aux effluves d'éther et de javel, un bouquet de roses blanches à la main. Les fleurs blanches sont ses préférées depuis toujours. Elle les trouve discrètes, chics et intemporelles. Offrir des fleurs lui procure la sensation de donner un peu de ses sentiments du moment à son destinataire. Elle partage ainsi son moi profond de façon éphémère. Hélène est une femme rêveuse, ambitieuse et sportive. Sa grande taille et son port de tête haut lui confère un charisme naturel à tel point qu'elle impressionne ses collègues de travail. Ses yeux vert émeraude, posés sur son visage ovale au teint lisse et doré sont d'une transparence déconcertante. Hélène est la définition même de la beauté fatale. En plus d'être belle, c'est une femme extrêmement chaleureuse, joviale, avenante et drôle. Et ce qui la rend encore plus charmante, est qu'elle n'ait jamais eu conscience de sa beauté pure. Elle sait donner le change à ses dépens souvent, rayonner comme un soleil même si elle se sent lune à l'intérieur. C'est une nature chez elle de passer après les autres. Sa fidélité et sa loyauté lui valent d'être entourée d'amis intimes depuis sa jeunesse.

Patrick fait d'ailleurs partie de sa vie depuis ses vingt ans. Ils se sont rencontrés en fac de droit. Lui était devenu avocat spécialisé en droit du travail, elle, juriste d'affaires internationales dans le privé. À l'époque ils n'étaient que copains de fac, à partager des jeux à boire en soirée, des heures studieuses à la bibliothèque universitaire mais c'est seulement à la fin de sa cinquième année qu'Hélène a craqué. Patrick la draguait élégamment depuis toutes ces années même lorsqu'elle était enceinte. Il connaissait l'histoire. Ce bébé né sans père, avec une identité partielle. Il voulait protéger Hélène de toutes ses forces. Elle l'attirait comme une évidence. Ce qui n'avait pas été le cas pour Hélène. Patrick s'était attaché à ce petit être et il sentait que malgré le soutien sans faille de sa mère, Hélène avait besoin d'une épaule masculine. Il était prêt à ne jamais être aimé juste pour pouvoir l'aimer librement.

Hélène se sentait désespérément seule à cette époque. Elle était la plus jeune maman de l'université, et ne participait plus aux soirées ni aux virées entre copines le samedi. Elle ne pouvait même plus traîner après les cours. Elle avait donc décidé de ne pas faire de thèse pour prendre le chemin du salariat le plus rapidement possible et subvenir aux besoins de sa fille. Le père de Patrick l'avait faite rentrer dans son entreprise comme assistante juriste et elle s'en sentait redevable à vie pour ce coup de pouce dans sa vie professionnelle.

Elle n'aimait pas Patrick. En tous les cas, pas comme on aime un être censé être sa moitié. Il ferait un bon père pour Sophie. Il lui apporterait la sécurité financière et la stabilité dont tout enfant a besoin pour se développer. Elle se sentait égoïste aussi, tout comme elle l'avait été en n'avouant pas plus tôt sa grossesse au père de sa fille. Si elle l'avait fait, sa vie aurait certainement été différente.

Alors, elle se força à aimer Patrick, elle lui apportait tendresse et gentillesse. Parfois elle se laissait prendre sur la table de la salle à manger, elle savait qu'il aimait ça. Il préférait les rapports sexuels dominants, ceux où il maîtrisait le rythme, la position, le moment de jouir. C'était un arrangement implicite entre Hélène et lui. Il s'occupait d'elle et de sa fille, et elle lui permettait de l'aimer et de la baiser à sa façon. Malgré le défaut de sentiments passionnés, elle n'avait jamais été infidèle. Elle le respectait trop pour cela. Il leur avait sauvé la vie d'une certaine manière.

En avançant dans ce couloir, elle savait que son passé allait la rattraper, qu'elle risquait de revivre des sentiments enfouis auxquels elle avait renoncé. Mais une force la poussait à être là, ne serait-ce que pour justifier sa réaction de la veille.

Lorsque la porte de la chambre s'ouvrit sur son corps immobile, elle eut la terrible intuition qu'il était trop tard. Elle l'aimait encore. Elle en avait la certitude. Et lui n'était peut-être déjà plus là.

Elle s'approcha sans bruit, posa le bouquet sur la table de repas, et l'observa. Elle revit ses trains fins, son grain de beauté au coin de l'œil gauche, ses lobes d'oreilles qu'elle avait adoré sucer, sa bouche mauve si bien dessinée. Sa barbe de quelques jours laissait apparaître quelques poils gris et blancs. Son visage était paisible et doux. Le même que lorsqu'elle l'avait quitté trente ans plus tôt. Ses paupières tremblent et son regard bleu lui transperce le cœur.

VINCENT

Jeudi 27 janvier 2022

Lorsque j'ouvre les yeux, je crois encore rêver. Elle est là assise à mes côtés. Elle ne me fuit pas cette fois-ci. J'ai mal, je souffre dans mes membres mais j'ai chaud. De cette chaleur qui nous enveloppe quand on se sent bien dans notre cœur. Je crois revivre notre premier regard. Celui qui ne trompe pas, qui nous indique le chemin à suivre. L'évidence troublante d'un amour absolu.

— Hélène ? Comment as-tu su ?

— C'est le lieutenant qui m'a informé de ton état. Il a essayé d'avoir des informations sur le petit ami de Sophie suite à votre entretien.

— Comment vas-tu ?

— Écoute... je suis désolée pour mardi. J'étais sous le choc. Je ne m'attendais pas du tout à te revoir. Avec la mort de Sophie, je ne sais plus trop où j'en suis. Ça faisait beaucoup, tu comprends ?

— Bien sûr. Je suis vraiment content de te revoir. Tu n'as presque pas changé.

— Oh tu exagères !

Les joues d'Hélène rosirent légèrement. Elle était donc émue et encore sensible à mon regard.

87

— Oh Hélène, je suis tellement désolé... Perdre un enfant ne devrait jamais arriver.

— C'est très difficile surtout que nous étions fâchées depuis quelque temps. J'ai tellement de regrets. J'aurais aimé lui dire tellement de choses encore.

Ces quelques mots firent écho à ma relation avec Laure évidemment. Notre échange de ce matin avait été l'un des plus normaux de ces dernières années. Je devais donc profiter de cette accalmie pour communiquer avec ma fille et retrouver un rapport de confiance. Hélène me ramena à notre discussion en ajoutant :

— Elle m'en voulait vraiment. Elle ne voulait plus du tout revenir à Rouen. Et avec Patrick c'était devenu intenable.

Je me doutais bien que Patrick était l'homme qui partageait sa vie, pourtant ce prénom me fit l'effet d'une décharge. Je ne pouvais décemment pas m'attendre à autre chose. Elle avait eu une fille, peut-être d'autres enfants. Il y avait donc un père, un homme. Mes sentiments pour elle étaient tellement purs qu'il me paraissait invraisemblable qu'un autre homme puisse l'aimer autant que moi. Le temps de retrouver mes esprits, j'enchaînai :

— De quoi t'en voulait-elle ?

— Le pire c'est que je ne sais pas trop. Mais je ne suis pas venue pour te parler de ça.

— Et tu es mariée alors... Tu as d'autres enfants ?

— Oui j'ai deux autres garçons, des jumeaux qui ont vingt-trois ans.

— Et tu habites Paris ?

— Oh non, je suis toujours en Normandie, à Rouen. Je n'ai pas quitté ma ville natale. Et toi ? Tu as des enfants ?

— Oui, j'ai une fille et un garçon. Laure vingt-cinq ans et Paul vingt-trois.

— Et leur mère ?

— Elle est partie il y a dix ans. Elle ne supportait plus l'égoïste que je suis.

Ça a eu le mérite de faire rire Hélène, comme si cette réflexion lui faisait écho. Je changeai de sujet pour dissiper le malaise ambiant.

— Et concernant, l'enquête le lieutenant t'a donné quelques informations ?

— Ils sont à la recherche de Marc, son petit ami pour l'interroger. C'est la seule piste qu'ils aient pour le moment.

Hélène se mit les mains sur le visage et sanglota. J'avais envie de la prendre dans mes bras mais mon corps ne réagissait pas. Je n'avais pas encore pu me lever. Je lui tendis ma main droite, elle y mit sa main gauche. Mon corps fut traversé par une onde électrique comme si on me rallumait. C'était étrange et bon à la fois. Sa main était chaude et douce. Je sentais son alliance du bout de mon index. Ce petit objet dur et froid venait s'immiscer dans cet échange moelleux et envoûtant. J'avais l'impression que mon cœur se remettait à battre. L'envie d'écrire tous ces sentiments oubliés depuis si longtemps me prenait soudainement. Il fallait que je note tous les mots liés à cette renaissance : douceur, amour, tendresse, chaleur, feu, désir, souvenir, envie, peine, douleur, battements, palpitation, vivant, délicatesse, coton, velours. J'avais retrouvé en un instant, en un toucher, ma jeunesse et mon inspiration. Nous n'avions plus rien en commun, nos vies étaient si éloignées et pourtant je ressentais le même tumulte dans mon corps. Comme si tout devenait possible, et que j'étais indestructible. Sentiment paradoxal au regard de ma position actuelle.

Nous ne nous étions quasiment rien racontés mais nos regards se disaient tout. Elle reprit sa main d'un air désolé.

— Mille excuses Vincent, je n'aurais pas dû venir.

— Ça me fait plaisir de te revoir tu sais.

— Je reviendrai te voir avant de rentrer à Rouen. En attendant repose toi, tu n'as pas l'air au mieux de ta forme. Elle sourit avec une mine coquine et me tourne le dos pour rejoindre la porte.

— Hélène.

Elle se retourne rapidement comme si elle attendait ce moment.

— Merci pour les fleurs.

Je ne savais pas quoi dire de plus, pourtant j'aurais aimé passer le restant de ma vie dans cette chambre avec mon amour de jeunesse. Elle m'envoya un sourire et disparut dans le couloir. Je l'observe déjà nostalgique de ce moment inespéré.

MARC

et M. Bourdieu, la police

Jeudi 27 janvier 2022

Marc, trente-cinq ans, intérimaire à durée indéterminée, habite chez son ami Florent à Orléans en attendant de trouver un appartement et surtout de remplir son compte en banque. Il passe de squat en squat et quand il était en galère, il passait la nuit chez Sophie. C'était un bon compromis. Il pouvait prendre son pied, car finalement elle était chieuse mais elle baisait comme une déesse. Malgré, tout il la regretterait. Il fallait qu'il le fasse donc pas de regret. C'est ce qu'il se disait. Le haras de son ami lui permettait de réfléchir à sa vie, de se poser, d'être au calme. La vie était plus lente ici. Les gens se pressaient beaucoup moins même s'ils puaient tous le fric. Mais le fric propre, pas celui qu'il avait l'habitude de toucher. Sa dernière gâche, il avait pris beaucoup d'argent mais il avait risqué très gros. C'est pour ça qu'il était parti se mettre un peu au vert, histoire de se faire oublier un peu. Il est en train de brosser un étalon noir, au pelage soyeux et brillant, quand le lieutenant Bourdieu fait son apparition à l'entrée des box. L'allure du policier et sa posture parlent d'elles-mêmes. Marc a envie de fuir mais ce n'est évidemment pas la solution.

— Marc Prades ?

— Oui.

— Lieutenant Bourdieu, du commissariat de police du XIIe arrondissement de Paris. J'ai quelques questions à vous poser.

— D'accord, laissez-moi ranger le cheval et je suis à vous. Retrouvez-moi dehors derrière les box.

Marc n'avait pas prévu de se faire mettre la main dessus aussi facilement. Il n'avait laissé aucune trace dans l'appartement. Il en était certain. Et à part Marion, personne n'était au courant de son histoire. Et puis, ça faisait un sacré bail qu'il n'avait pas vu cette conne. À cause d'elle, il s'était fait mettre à la rue de sa planque la plus sûre du moment, et la plus chaleureuse.

Ils se faufilèrent dans la bergerie annexe afin d'être loin des adhérents du club et des promeneurs.

— Dans le cadre de l'enquête sur le meurtre de Sophie Jaland, il nous a été confirmé que vous entreteniez une relation avec la victime.

— Oui c'est exact, mais nous étions séparés depuis le mois de novembre.

— Pourtant, il semble que vous ayez été aperçu la nuit qui a suivi le crime dans l'immeuble. Que faisiez-vous dans la nuit de lundi à mardi ?

— J'étais ici.

— Monsieur Prades, si vous ne coopérez pas, je vais être obligé de vous mettre en garde à vue. Nous avons assez d'éléments pour vous considérer comme suspect.

Marc savait qu'il ne pourrait pas échapper longtemps à la police et qu'il risquait gros en jouant au plus malin.

— Oui, OK, c'était moi, mais je ne l'ai pas tuée. Je l'aimais bien cette fille. Je voulais juste récupérer un truc important.

— Un truc important hein ? Et qu'est-ce que vous cherchiez ?

— Des fringues.

— Ah, vous avez pris le risque d'entrer dans l'appartement d'une victime d'homicide pour récupérer des vêtements ? ! Vous êtes sûr de n'avoir récupéré que des fringues ?

— Oui si je vous le dis.

— C'est assez étrange ce que vous me dites, car le témoin assure que vous aviez quelque chose dans la main, suffisamment petit pour qu'il ne voit rien. Si vous aviez récupéré des fringues, vous auriez certainement porté un sac, n'est-ce pas ?

— Je les avais mis dans mes poches.

— Monsieur Prades, ne jouez pas trop avec moi. Vous risqueriez de perdre, s'imposa le lieutenant. Nous allons vous emmener au poste et nous continuerons cette discussion là-bas.

— Non, non non OK. Je vais tout vous dire. Mais laissez-moi une minute. Je ferme les box et je préviens le proprio.

Bourdieu ne montra aucun signe d'opposition malgré son pressentiment. En tant que flic, il savait que parfois lâcher du lest permettait de gagner du terrain.

Marc en profita pour filer vers le garage, prendre sa moto et disparaître. Il fallait qu'il se débarrasse de certains éléments avant que la police ne tombe dessus. C'était sans compter le flair d'un flic ayant trente ans d'expérience. Il avait posté trois équipes sur la route pour le prendre en chasse. Marc était déjà connu des services de police pour vol, détention de stupéfiants et autres délits. Le dirigeant de l'enquête avait anticipé ce genre de scénario.

Marc n'était pas un violent de nature, il n'avait pas confiance en lui. Ça le rendait furieusement jaloux lorsqu'il était amoureux d'une femme trop séduisante et séductrice. Ce qu'était Sophie. C'est vrai qu'il lui était arrivé de lui mettre une gifle ou plus dans un accès de colère, mais ce n'était pas lui qui dirigeait son acte. Son père frappait sa mère et elle ne disait rien. C'était rentré dans les habitudes. Il arrivait même à son père de mettre des beignes à sa mère devant son frère et lui. Le geste était courant, usuel et normal. Son pote lui avait quand même conseillé d'être sur ses gardes après la mort de Sophie. Sans la détruire, il avait récupéré cette preuve pour empêcher la police de se la procurer. Il pensait à tout cela sur sa moto lancée à pleine vitesse. La grande ligne droite pour rejoindre l'autoroute lui laisserait largement le temps de prendre de l'avance.

Un gyrophare au loin accroché à un véhicule blanc lui ôta tout espoir de s'échapper. Aucune issue hormis les chemins dans les bois ne lui permettrait de l'éviter. De toute façon, qu'est-ce qu'il risquait. Il n'avait rien laissé sur place. Il n'avait laissé aucune empreinte. Il cessa sa course folle et s'arrêta au niveau du barrage. Une dizaine de policiers, équipés de gilets pare-balles, braquait leurs flingues sur lui. La voiture du lieutenant arriva tranquillement derrière lui et Bourdieu en sortit tranquillement.

— Monsieur Prades, vous auriez quelque chose à vous reprocher peut-être ? Le lieutenant lui mit les menottes et glissa Marc dans l'une des 3008 grises et bleues.

Une heure plus tard, il était attablé dans une pièce aveugle et austère. Le lieutenant était debout dans l'angle. Il attendait certainement son collègue, ou bien que Marc craque.

— Je vais vous dire ce que nous avons pour le moment contre vous et on verra si ça vous donne envie de vous mettre à table.

— Je ne l'ai pas tuée, je vous l'ai déjà dit.

— Commençons par ça : où étiez-vous lundi vingt-quatre janvier entre six heures trente et huit heures du matin ?

— J'étais au Haras.

— Est-ce que quelqu'un peut confirmer ?

— Oui, mon ami Florent Bastide. On démarre à sept heures pour donner à manger aux chevaux.

— Bien, nous allons vérifier. En attendant, nous avons été alertés par un voisin sur vos échanges violents avec la victime.

— On s'engueulait parfois oui, mais je ne lui ai jamais fait de mal. Pas au point d'aller à l'hôpital.

— Ah oui donc tant qu'elle n'est pas hospitalisée, frapper une femme c'est normal ?

— Ah, mais elle donnait bien le change aussi !

— C'est-à-dire ?

— Elle me frappait aussi. Alors pour la calmer parfois je devais user de la force.

Les deux flics présents dans la pièce se jetèrent un regard interrogateur et poursuivirent :

— Depuis quand étiez-vous séparé de Sophie Jaland ?

— Depuis le mois de novembre.

— Mais vous aviez gardé contact avec elle ?

— Oui, on s'appelait de temps en temps.

— Vous vous appeliez ? Pourtant nous avons des témoignages qui disent vous avoir vu entrer dans son appartement encore la semaine dernière.

— C'est juste qu'on aimait baiser ensemble. Ça nous faisait du bien. Entre nous c'était l'amour la haine, vous voyez ?

— Monsieur Prades, qu'êtes-vous allé chercher dans l'appartement de Sophie Jaland dans la nuit du vingt-quatre au vingt-cinq janvier ?

— Des fringues, j'vous ai dit.

— Ce n'est pas très précis ça. Si vous avez pris quelque chose qui peut nous faire avancer dans l'enquête, vous pouvez être accusé d'obstruction à la justice. C'est donc dans votre intérêt de nous remettre ce que vous avez pris, surtout si ça appartient à la victime.

— C'était juste son fichu journal intime. Elle y écrivait tout là-d'dans. C'était obsessionnel. Pour ne pas être accusé, je voulais donc le cacher.

— Monsieur Prades, vous vous rendez compte que dans ce journal intime il y a peut-être la clé de l'enquête ?

— Je n'avais pas vu les choses sous cet angle.

— Où est ce journal ?

— Chez mon pote.

Une équipe repartit à Orléans récupérer le précieux document qui allait certainement dénouer les zones d'ombre bien trop nombreuses sur cette enquête. À l'arrivée de l'équipe missionnée, la confirmation de l'alibi de Marc Prades et le journal furent recueillis. Marc était toujours dans la pièce mortellement symétrique quand le lieutenant reprit l'interrogatoire.

— Bien, nous avons vérifié votre alibi. Vous êtes officiellement hors de cause. Le journal intime est entre nos mains également. Nous allons le lire et avancer avec ces éléments. Qu'est-ce que vous pouvez nous dire également sur la vie de Sophie. Elle avait des ennemis ?

— Non, pas à ma connaissance. Elle n'avait pas beaucoup d'amis, elle ne voyait presque plus sa famille. Mais elle était tranquille.

— Pourtant on a retrouvé dans les archives une plainte pour vol déposée par Miguel Servian en octobre dernier. Ça vous dit quelque chose ?

— Elle a été retirée cette plainte, non ?

— C'est exact mais les archives sont conservées.

— Sophie devait de l'argent à une amie et elle en a emprunté un peu à son boss. Il s'est un peu emballé quand il l'a découvert. Mais Sophie lui a rendu le fric dix jours après. Tout est OK.

— Et elle a continué de bosser pour lui ?

— Non, il l'a virée mais elle n'a plus eu d'histoire avec lui après ça.

Marc sentait qu'il marchait sur des œufs. Il était en train de se dire que s'il en disait trop, il risquait de finir comme Sophie. Qui était capable d'agissements aussi immondes ?

Il ne fallait surtout pas qu'ils découvrent l'existence de Mehdi, sinon ça allait tout foutre en l'air. Tout le plan que Sophie et lui avaient mis en place allait s'effondrer.

Le lieutenant feuilletait le journal intime et s'arrêta sur le trente et un octobre deux mille vingt et un. Les pages suivantes étaient arrachées. Marc Prades allait rester un peu plus longtemps que prévu.

MARC ET SOPHIE

Samedi 30 octobre 2021

Marc est arrivé à dix-huit heures à Paris. Samedi trente octobre, veille d'Halloween, fête ridicule dont l'inspiration américaine ne permet qu'aux vitrines de trouver des idées de décoration, aux restaurateurs des idées de menus et aux étudiants des raisons de sortir. Il entre dans l'appartement, pensant trouver Sophie un verre à la main, mais elle est étendue sur le canapé, endormie paisiblement, ses longs cheveux bruns pendant sur le côté, et un bras remonté sur son front. Elle était belle comme au premier jour. Il a le sentiment de retomber amoureux tant son visage innocent et lumineux était devenu un souvenir enfoui. Ces derniers temps, il ne supportait plus Sophie et ses besoins permanents de sortir, de séduire et de vivre les nuits parisiennes jusqu'au bout de la nuit. Marc était plutôt calme, même si ses fréquentations l'étaient moins. Il avait toujours été réservé. Certes il aimait sortir avec ses potes de temps en temps mais au fond de lui, il préférait largement les soirées canapé. C'était ce qui lui manquait le plus avec Sophie. Il s'approcha d'elle à pas de loups et s'assit à ses côtés. Il réfléchit à tout ce qui venait de se passer. Ses deals, sa fuite, son refus de continuer auprès de Mehdi. Il ne comprenait pas l'acharnement de ce voyou. Il avait pourtant été clair.

— Tu es là depuis longtemps, chuchota Sophie en se réveillant doucement.

— Non, je viens d'arriver, je ne voulais pas te réveiller. Je te regardais.

— J'ai peur Marc, j'ai vraiment rien compris quand j'étais là-bas.

— Mais t'étais où ? Et comment tu connais Mehdi toi ?

— Oh ça va ! Tu disparais sans rien me dire et c'est à moi de me justifier ?? Non mais on marche sur la tête !

Marc baissa la tête. Il avait peur également mais ne voulait pas le montrer. Il connaissait Mehdi et savait de quoi il était capable. Savoir Sophie dans cette situation le rendait dingue. Il fallait qu'il règle la situation sans la mettre en danger. Finalement c'était lui qui l'avait fourré dans ce pétrin. Il remua sur sa chaise, regarda autour de lui dans l'espoir d'y trouver les réponses à son impasse. Il alluma une cigarette sans prendre la peine de demander l'autorisation à Sophie, elle qui déteste l'odeur du tabac froid. La réaction ne mit pas longtemps à se faire connaître.

Sophie surgit pour arracher la clope d'entre les doigts de Marc et l'écrasa avec une telle rage, qu'elle s'éclata en deux pour finir éventrée dans le cendrier imaginaire. Épuisée de fatigue, elle s'écroula dans le canapé à côté de Marc. Les larmes jaillirent de son regard marin sans retenue. Marc la prit dans ses bras et la berça lentement, longuement pour que les sanglots s'apaisent et ne deviennent qu'un ruisseau calme et silencieux. Il releva son visage pour la regarder avec intensité, jusqu'au moment où le faisceau de ses yeux croise celui de Sophie. Elle était si belle, si sauvage. Leurs lèvres s'effleurèrent, une onde brûlante envahit leurs corps. Il lui arracha ses vêtements, l'embrassa fougueusement, lui caressa les seins avec une telle vigueur que Sophie se cambra pour s'offrir pleinement à Marc. Leur étreinte était comme une évasion, une libération de tous les déboires passés. Une revanche face à leurs trahisons respectives. Ils n'avaient jamais fait l'amour avec une telle rage et pourtant, c'était l'union la plus belle qu'ils n'aient jamais connue. Sophie se sentit vidée, épuisée et s'effondra après avoir joui dans un silence inhabituel. Tout s'était passé à l'intérieur comme si elle voulait garder pour elle ce moment unique, inoubliable et ultime. Car au fond, elle savait que c'était le dernier moment qu'elle s'autorisait à passer avec lui. Il lui avait trop menti. Elle ne pouvait plus lui faire confiance et avait surtout le sentiment étrange que sa vie était sur le point de basculer.

Ils s'endormirent paisiblement l'un dans l'autre, jusqu'à ce que le téléphone de Sophie ne se mette à vibrer continuellement sur la table basse. Sophie émergea pour récupérer son mobile. Miguel avait tenté de la joindre à dix reprises. Certainement pour la virer après s'être aperçu que du fric manquait dans l'enveloppe, ou alors parce qu'elle était en retard. Sophie n'était jamais en retard. Et si par malheur elle avait trois minutes de retard, elle préve-nait toujours. Elle décida de lui faire un texto. Elle n'avait aucune envie de sortir de son cocon éphémère. Qu'il ne dure que quelques heures de plus était déjà un cadeau.

Elle reposa le téléphone et vint se lover dans les bras de son amant. Il était vingt heures, la nuit était déjà tom-bée. L'agitation dans la rue indiquait que la vie nocturne commençait à éclore, les fêtards buvaient leurs premiers verres en terrasse avant que le froid ne pénètre trop leur chair. Elle ouvrit une bouteille de blanc et servit deux verres. L'heure était venue d'échafauder un plan pour calmer Mehdi et le faire disparaître de leurs vies. C'était la seule raison pour laquelle Sophie acceptait que Marc reste chez elle. Elle posa un verre devant lui qui ouvrait à peine un œil. Il se leva, nu comme un ver, pour se diriger vers la salle de bain et prendre une douche. Il en sortit cinq minutes plus tard, encore plus beau, sous le regard extasié de Sophie. Il avait un corps parfait. Des muscles saillants, des mains fortes, des avant-bras épais, un fessier rebondi, un torse imberbe et des abdos parfaitement dessinés. Il enfila sa chemise, son caleçon et son pantalon en vitesse, puis vint s'asseoir en posant un baiser sur la joue de Sophie.

— Bien, que sais-tu de Mehdi ? Entama Sophie.

— Je ne l'ai vu qu'une fois il y a quelques années. Je sais qu'il a la main sur tous les dealers de Paris Nord. Mais ce qui m'inquiète le plus, c'est qu'il ait pris le risque de se montrer avec toi. Il est donc déterminé à ne pas me lâcher.

— Je te confirme que les quelques minutes passées devant lui ont été les plus désagréables de ma vie.

Sophie avait dit cela avec un petit rictus tout en réfléchissant aux choix qui leur restaient pour se sortir de ce guêpier.

— Ce que je ne comprends pas, c'est pourquoi il te cherche à ce point-là ? Tu as des dettes envers lui ?

— La dernière fois que j'ai rapporté l'argent, je leur ai annoncé que j'arrêtais. Ils ont eu peur que je les balance certainement, c'est pour ça qu'ils me cherchent.

— Mais tu les as menacés ?

— Bien obligé ! Ils ne voulaient pas entendre parler d'une démission. C'était ma seule porte de sortie.

— Alors pourquoi ne pas le faire ?

— Quoi ? Prévenir les flics ?

— Ben oui. Je sais où il se planque, c'est facile de le débusquer.

— Sauf que si on fait ça, on est mort tous les deux. Tu n'imagines pas la puissance de son réseau. Il a des petites mains partout dans Paris.

— Mmmh...

Sophie prit un moment de réflexion et passa un coup de fil. Elle laissa un message urgent.

— À qui tu téléphones ?

— Mon beau-père. Il est avocat, il peut certainement nous aider. Il me doit bien ça.

— Mais t'es folle ! Et comment tu vas lui expliquer que tu connais ce type et que t'as dix kilos de shit chez toi à revendre ?

— Je lui dirai la vérité, que je me suis faite piéger. C'est bien la vérité non ?

— Mais ta mère va le savoir.

— Au point où en sont nos relations, je n'ai pas grand-chose à perdre.

— Ouais, mais je ne vois pas en quoi un avocat pourrait nous aider.

— Réfléchis. Il connaît pas mal de monde à la BAC qui peut assurer notre sécurité, et même infiltrer la drogue pour qu'on puisse rendre le fric le plus vite possible.

— Franchement, je le sens pas ton plan. Laisse-moi réfléchir. Je vais aller voir un pote qui pourra peut-être tout me racheter et comme ça, on est débarrassé.

— Parce que tu crois vraiment que Mehdi va nous lâcher même après cette livraison ?

— Pas faux. Et si on se barrait d'ici ?

Sophie tournait en rond dans l'appartement et s'arrêta net en entendant cette dernière phrase. Elle, qui avait mis tant de temps pour trouver cet appartement, dans un quartier parfait, et construire sa vie à Paris. Il était hors de question de tout planter pour une histoire de drogue et un homme qu'elle ne pourrait jamais aimer sereinement. Elle avait le sentiment d'être coincée, au fond d'une impasse ou au fond d'un gouffre. Elle étouffait. Si seulement elle n'avait jamais commencé à fumer.

— Et si on le butait ? Sophie lança cette idée comme la plus lumineuse de sa vie, avec exaltation et assurance.

— Non mais t'es dingue ! C'est la pire idée que j'ai jamais entendue. Sans déconner Sophie, tu délires.

— Oh ça va, je cherche des solutions à un merdier dans lequel tu m'as fourrée. J'ai rien demandé moi. Si t'avais été plus honnête avec moi, j'en serais pas là.

— Je sais et j'en suis sincèrement désolé. Mais il me semble que t'as pas eu besoin de moi pour devoir du fric à ce véreux et te retrouver dans sa planque pourrie. Tu as son numéro ?

— À qui ? Mehdi ? Non évidemment. En revanche j'ai celui de Boubou, c'est mon fournisseur qui m'a emmenée chez lui.

— OK file le moi, je vais tenter un truc. En attendant ne fais rien. Si ton beau-père te rappelle, ne dis rien.

— Qu'est-ce que tu vas faire ?

Sophie commençait à flipper. Elle détestait ne pas contrôler. Elle continuait à l'interroger du regard pendant qu'il notait le numéro de Boubou sur un papier. Il se leva, prit sa veste, enfila ses baskets et sortit.

Sophie ne pouvait pas attendre plus longtemps. Elle prit un billet de train pour le lendemain matin et prépara sa valise.

Elle refit un texto à Miguel pour s'excuser de son absence et lui promit de tout lui expliquer dès son retour.

Le plan que Marc était en train d'échafauder ne la rassurait pas. Il avait tendance à être un peu impulsif et sanguin. En fonction de son intention, les choses pourraient s'aggraver. Elle décida donc de faire cavalier seul pour assurer une issue favorable.

VINCENT

Je suis sorti de l'hôpital le samedi matin après la visite du chirurgien, et l'assurance que toutes les ordonnances pour l'infirmière, les béquilles et les calmants m'avaient été fournies. La douleur dans la jambe était atroce, malgré la quantité de médicaments engloutie le matin même. Une ambulance m'attendait devant les portes de l'hôpital. Le conducteur adossé à son carrosse, faisait une tête de six pieds de long, des cernes noirs encadraient son regard. Il fumait sa clope en la laissant coincée entre ses lèvres. Quand il m'aperçut il jeta le mégot et vint à ma rencontre. J'avais encore le fauteuil roulant à ce moment-là et je n'avais bien sûr pas pris le temps de m'exercer avec les béquilles. À neuf ans, une entorse du genou m'avait obligé à dompter cet équipement. C'est comme le vélo ce genre de choses, on ne l'oublie pas. Enfin, c'est ce que je pensais car, quand j'ai dû porter mon poids en poussant dessus et monter les trois étages de mon immeuble, c'était une véritable épreuve physique. Rien de similaire au vélo pour être honnête. Heureusement que Monsieur ambulance, dont je ne connaissais ni le prénom ni les causes de ses cernes, tant il était resté muet, m'avait gentiment accompagné jusqu'au seuil de ma porte d'entrée.

Une fois dans mon antre, l'odeur si particulière du bois ancien et de la poussière me réconforta. J'avais l'impression d'être parti très longtemps, tant j'étais revenu différent et enrichi. J'avais réussi à avoir une discussion avec ma fille, j'avais revu Hélène et nous avions vécu une reconnexion, Paul avait pris le temps de me rendre visite dans son planning chargé. La seule inconnue était cette enquête, qui ne semblait pas avancer assez rapidement.

Les scellés étaient toujours présents sur la porte d'entrée de l'appartement voisin. J'allumai la télé pour donner une impression de vie dans cet appartement vide. Je m'allongeai dans le canapé et commandai un repas indien pour le déjeuner. J'avais une faim de loup et surtout une envie de saveurs fortes pour me sentir vivant. Je crevais d'envie d'appeler Hélène. Elle me manquait comme il y a trente ans.

Nous nous étions quittés en sachant que nous ne nous reverrions jamais. Nos vies, nos éducations et nos milieux sociaux étant bien trop éloignés. Pourtant six mois plus tard, nous nous étions recroisés rue de Charonne à Paris. Un hasard douteux. Croiser la femme avec laquelle on a vécu une aventure passionnée, et qui habite à trois heures de Paris, était de l'ordre de l'impossible. Nos regards s'étaient croisés et jamais décrochés. Nos corps s'attiraient comme des aimants. Nous étions seuls dans cette rue animée. Prêt à rejoindre des amis, je marchais tranquillement quand je l'ai vue. Elle était en face de moi, habillée d'un manteau pourpre, des bottes camel, une écharpe de même teinte. Elle semblait préoccupée, peut-être pressée. Nos regards se fixaient sans que notre expression ne change. Nous pensions la même chose. Nous sommes restés de longues minutes à nous regarder, à nous redécouvrir dans un univers étranger à celui de notre histoire. Le reste du monde était inexistant. Certains passants nous bousculaient pour se frayer un chemin sur le trottoir mais ni Hélène ni moi ne bougions. C'est au son d'une voix familière que je lui ai dit : « Viens avec moi ». Je lui ai pris la main sans attendre sa réponse, et je suis entré dans le premier hôtel propret du coin. Hélène restait toujours muette, sa main chaude dans la mienne pressait avec assurance ma paume. Je sentais son désir. Un fluide parcourait nos deux corps, une chaleur intense me brûlait le bas-ventre. C'est seulement lorsque les portes de l'ascenseur se sont renfermées sur nous, que nos bouches se sont retrouvées. Je pris conscience que ses lèvres m'avaient manqué. Comment avais-je pu vivre sans elles si longtemps. J'avais pourtant l'impression de renouer pour la première fois avec les sensations électriques du baiser originel. Cette intensité me faisait tourner la tête. Elle portait une jupe que je n'eus aucun mal à relever pour passer ma main entre ses cuisses déjà brûlantes de désir. Elle poussait des cris d'excitation alors que je glissais un doigt dans sa culotte humide. Ce fut un supplice de devoir nous séparer une minute le temps d'accéder à notre chambre. Une fois à l'intérieur et la porte fermée, nous nous arrachâmes nos vêtements. Hélène prit mon sexe dans sa bouche et me suça à peine trois minutes avant que ma jouissance fût à son apogée. Je la pris directement sur le lit résolu à la faire crier de plaisir dans ma bouche. Elle ne tarda pas à venir, mais préféra m'enjamber pour sentir mon sexe en elle. Nous passions trois heures à nous aimer ainsi, sans jamais arrêter de se caresser, de se lécher, de se sentir, de s'étreindre, de jouir. Aucun mot n'était encore sorti de notre bouche, si ce n'est ceux nous ayant poussés à fuir la vie de dehors. Nous nous sommes quittés en fin de soirée en se promettant de rester à distance, de ne rien tenter. J'étais tiraillé entre l'envie de vivre une relation avec cette femme et le désir de profiter de ma jeunesse. Je savais au fond de moi que notre histoire était vouée à l'échec. Je ne souhaitais garder de cette aventure qu'un souvenir exaltant, un modèle d'alchimie. La passion que je ressentais était si pure, qu'elle ne pouvait être qu'éphémère. La distance entre nos deux mondes était telle, que nous nous serions déchirés rapidement. La décision de n'en faire qu'un souvenir était inéluctable. J'avais tant de choses à vivre seul à Paris.

Mon sexe se durcissait instantanément en repensant à ces quelques heures de ma vie. La cuisine indienne avait toujours eu également un effet incroyable sur mes hormones, mais les images et les sensations enfouies dans ma mémoire y étaient pour beaucoup plus dans cet état de désir intense.

Je me calmais en zappant sur les chaînes d'info. Il ne fallut que quelques secondes pour retrouver mes esprits. La photo de Sophie était en plein écran, la même que celle transmise le soir de son décès. Mon cœur explosa, comme si j'apprenais une nouvelle fois sa disparition, que son visage me rappelait à une réalité qui n'était plus la mienne depuis deux jours, depuis que j'avais revu Hélène. Je pris alors mon téléphone pour composer son numéro lorsqu'il sonna. C'était elle. Nos esprits étaient véritablement connectés. J'en étais désormais certain. Plus rien ne pourrait alors nous séparer. Notre vie avait été vécue, nos âmes avaient désormais le droit de se rencontrer et de s'aimer. Je décrochai immédiatement.

— Vincent ?

— Bonjour Hélène, je pensais justement à toi...

— Ah oui... Écoute je crois qu'il faut qu'on se parle.

— Tu as raison, nous avons tellement de choses à nous dire. Tu m'as tellement manqué.

Je regrettais immédiatement cette phrase.

— Non Vincent, pas de ça. Il faut absolument que je te dise quelque chose. Tu es chez toi ?

Le ton de sa voix m'effrayait, elle était si sévère, si grave. Mon cœur se mit à palpiter et mon imagination à divaguer. Elle prévoyait de passer chez moi le soir même vers dix-neuf heures. L'état de mon appartement était assez satisfaisant pour recevoir mon amour de jeunesse. Je décidai donc de me reposer un peu lorsque je reçus un nouveau coup de fil. Cette fois-ci, c'était le lieutenant Bourdieu. Il voulait aussi me voir. Ce qu'il avait à me dire nécessitait « une rencontre formelle » avait-il précisé. Je me sentais tout à coup important.

SOPHIE

Dimanche 31 octobre 2021

Sophie est partie se ressourcer auprès de sa famille pour faire le vide et chercher la solution à son problème. Elle veut fuir l'atmosphère oppressante de Paris, les rappels incessants de cette situation inextricable avec Mehdi, les mensonges de Marc. Elle voudrait tout plaquer, changer d'identité. Revivre une autre vie. Miguel l'a appelée le matin même pour la virer. Il avait fait les comptes le samedi soir et avait évidemment mis le doigt sur le vol de Sophie. Sa sœur lui avait confirmé l'avoir vue sortir du bureau le vendredi soir. Sophie s'en voulait d'avoir raté ses calculs. Habituellement il faisait les comptes le premier dimanche du mois. Son absence, la veille au soir, avait forcément mis la puce à l'oreille de Miguel. Le SMS de Sophie n'avait pas suffi à convaincre Miguel de la laisser s'expliquer. La confiance avait été rompue, malgré la tentative de justification entreprise par Sophie. Il la menaçait de porter plainte pour vol si elle ne lui rendait pas son argent le lendemain. Le plan qu'elle avait en tête ne suffirait pas à gagner du temps, mais elle était désormais certaine que c'était la meilleure solution. Elle allait donc emprunter cette somme à Patrick, son beau-père, histoire de calmer le jeu avec Miguel et lui éviter une fin de non-recevoir dans tout le quartier de Bastille. Ça ne devrait pas être trop compliqué, Patrick lui devait bien ça.

Elle était confortablement assise dans le train, les écouteurs vissés dans ses oreilles, sa grosse écharpe nouée autour du cou, lorsqu'une gamine d'une dizaine d'années prit place en face d'elle. Elle était brune, les cheveux longs et bouclés, le regard clair et le teint hâlé. Cette petite fille était comme le reflet d'elle-même. Elle avait quelque chose de triste dans le regard. Comme une lueur sombre permanente. Pourtant un sourire constant lui barrait le visage, comme si le fait d'afficher une joie même superficielle lui permettait de se protéger des autres. Sophie était une petite fille souriante aussi. Elle a toujours appris à sourire pour s'opposer aux questions dérangeantes. Elle avait remarqué assez vite que lorsqu'elle ne souriait plus, son visage se transformait en un mur de tristesse suscitant chez les autres un flux incessant de questions. Pour fuir ces interrogatoires intrusifs, elle avait décidé de sourire à toute épreuve. Le sourire est une parade, une carapace pour soi et pour les autres, c'est le signe évident d'un bien-être. Qui voudrait demander à quelqu'un qui sourit ce qui ne va pas ? Pourtant, Sophie, derrière son rictus indélébile, cachait les traces de moments douloureux, désespérés parfois. Elle voulait garder pour elle sa torpeur, ses angoisses et ses peurs. Quand elle était petite, avec la présence des jumeaux, elle avait décidé de ne rien exprimer, de prendre le moins de place possible pour éviter de gêner. Sa mère était occupée en permanence avec ses frères. Soit à gérer les disputes, les emmener à l'école, au foot, au tennis, à la musique, ou encore à discuter avec Patrick d'éducation, des vacances, du dernier dîner chez les Marnot. Sophie avait appris à se faire toute petite. Les bêtises, elle les a faites plus tard au Lycée. C'était comme si elle avait découvert qu'on peut vivre en dehors du schéma familial, sans le jugement du beau-père inquisiteur. Elle s'était inventé une nouvelle vie parallèle avec ses propres règles et ses valeurs. Jusqu'à son départ dans le cœur de Rouen pour faire ses études, la vie à la maison avait été un enfer pour elle mais aussi pour sa mère. Sophie lui en voulait de ne rien dire, de ne rien voir. Mais finalement, elle ne le lui avait jamais vraiment parlé. Patrick et Hélène semblaient si solides et soudés. Il était loin le temps de leur complicité mère fille. Il était temps désormais de donner une place à sa parole, rendre la vérité et reprendre sa place de fille désirée.

Hélène et Patrick habitaient une belle maison bourgeoise au Mont Saint-Aignan à la limite de Rouen. Sophie n'avait jamais manqué de rien, c'est vrai. Son assiette était toujours pleine, ses week-ends et ses vacances avaient un goût de rêves, elle avait les dernières chaussures à la mode. Mais elle s'était toujours sentie seule, triste. Ce n'était ni une enfant joyeuse ni une enfant déprimée. Apathique serait le terme le plus approprié. Elle travaillait, faisait ce qu'on lui demandait, ne répondait jamais, jusqu'au lycée. En y repensant régulièrement, Sophie avait des remords. Elle savait que sa mère n'avait plus d'emprise et se sentait dépassée. Au Lycée, elle avait juste appris à être regardée, écoutée. Elle se sentait importante. Tous les garçons lui tournaient autour, les filles jalouses l'insultaient par personnes interposées, c'était bien le signe qu'on s'intéressait à elle. L'indifférence de sa mère l'avait conduite à rechercher la réaction extrême de la part de son entourage.

La jeune fille en face d'elle n'avait pas quitté le regard de son livre. Les fourmis de Bernard Werber. À son âge, cette lecture était soit demandée par le collège, soit le choix d'une passionnée. Sophie n'avait jamais aimé lire jusqu'à ce qu'elle découvre Musso. Il avait le don de faire rêver, tout en intégrant des énigmes haletantes. Mais de toute façon, Sophie n'avait pas vraiment le temps de lire.

Pourtant ce jour-là dans le train, elle aurait volontiers imité sa voisine. Sans solution à sa frustration, elle tourna la tête vers l'extérieur et son regard se fit vide. Elle avait l'impression d'aller à l'abattoir en s'éloignant de Paris, alors que le plus grand danger était bien derrière elle. Le train entra en gare à midi quinze. Sophie n'avait prévenu personne. Elle savait que le dimanche était un jour réservé au déjeuner de famille traditionnel. La maison était à une dizaine de minutes en bus et à vingt minutes à pied. Elle se décida à fouler le sol humide pour rejoindre ce qui ressemblait à un foyer. Ses pas se faisaient lourds, le crachin lui piquait le visage mais elle se sentait sèche. Comme une orange qui a perdu son jus. Tout le nectar subtil de l'agrume a disparu, évaporé. Les quarante-huit dernières heures avaient été tellement intenses, qu'elle n'avait pas pris le temps de s'alimenter ni même de s'hydrater. L'épuisement commençait à l'inonder. La lourdeur du passé qu'elle s'apprêtait à retrouver la rendait lasse et accablée.

La maison était allumée. De l'extérieur, Sophie devinait la voix de ses frères. L'un racontait une anecdote à sa mère, qui était affairée à la cuisine, pendant que l'autre allumait la cheminée avec Patrick. À cet instant, elle regretta d'être venue. Elle hésita une seconde avant de repartir, mais sa mère croisa son regard à travers la fenêtre. Son visage s'illumina, ce qui baigna Sophie dans un certain soulagement.

Une fois la porte ouverte, Hélène lui tendit les bras pour l'étreindre fortement, comme si elle n'avait pas vu sa fille depuis dix ans.

— Comment vas-tu ma chérie ? S'extasia sa mère.

— Bien, bien, un peu fatiguée.

À peine cette phrase fut prononcée que Sophie s'étala de tout son long dans l'entrée. Patrick la monta dans sa chambre, devenue une chambre d'amie aux couleurs pastel. Ils avaient eu la délicatesse de conserver ses effets personnels dans un coin, mais les rideaux, la moquette et la tapisserie avaient été changés dans un goût plus neutre. Il est vrai que le noir et gris n'étaient pas appropriés pour un endroit destiné aux invités.

Sophie se réveilla à dix-sept heures. Le jour s'affaissait doucement. Elle descendit rejoindre les membres de cette famille, la sienne, mais la maison baignait dans un silence absolu.

Dans le salon, sa mère lisait à la lueur d'une lampe en pied, posée dans l'angle de la pièce.

— Merci maman.

— Viens t'asseoir et raconte-moi ce qui ne va pas.

— Je suis très fatiguée c'est tout, ne t'en fais pas. J'ai beaucoup travaillé ces derniers temps. Je crois que j'ai un peu tiré sur la corde.

— Mmmmh, viens manger quelque chose tu es toute pâle.

Elles s'installèrent dans la cuisine, au style rustique. Les meubles en bois foncé donnaient un air austère à cette espace où ils passaient la majorité de leur temps.

Sophie engloutit l'assiette que sa mère lui avait fait réchauffer et se servit une part de tarte aux pommes tiède. Une tisane fumante venait parfaire ce moment de réconfort. Elle se dit qu'il y avait bien longtemps qu'elle n'avait pas été seule avec sa mère.

— Tu restes combien de temps ?

— J'en sais rien deux ou trois jours maxi. J'avais juste besoin de partir de Paris et me reposer. J'espère que ça ne vous dérange pas ?

En posant cette question, Sophie savait que sa mère allait lui faire une réponse conventionnelle. La politesse avait toujours été la règle dans cette maison.

— Patrick n'est pas là ?

— Il travaille dans son bureau. Tu veux que je l'appelle ?

— Non, non, ne le dérange pas. Je le verrai plus tard. Et les jumeaux ? Ils sont déjà partis ?

— Oui, ils avaient un match de tennis. Ils t'embrassent.

Sophie était contente d'être la seule enfant de la maison. C'est un statut qu'elle n'avait pas connu longtemps. L'occasion était parfaite pour atteindre l'un des objectifs qu'elle s'était fixés. Elle tenta de reparler de son adolescence simplement en évoquant le moment où Sophie était partie plusieurs jours chez Mathilde sans prévenir. Sa mère se ferma immédiatement en prétextant une période bien trop douloureuse : « Oh là là, ma chérie, je préfère garder ces souvenirs bien enfouis. Cet épisode a été beaucoup trop difficile pour en reparler aujourd'hui ». En prononçant ces mots, Hélène, sans le savoir, avait scellé le pacte du silence.

LA POLICE

Le lieutenant Bourdieu était assis dans le fond de la salle de repos, il était tard, l'équipe était réduite ce soir de janvier, malgré la forte activité attendue ce week-end. Il était happé par la lecture du journal couvert d'une fine couche de velours vert olive. Le passé de cette jeune femme était bouleversant. Il pensait à sa fille du même âge et se demandait si elle avait autant de secrets que Sophie Jaland.

Sa fille était partie avec sa mère à Toulouse lorsqu'elle avait quinze ans. Un amant, bien plus disponible et généreux que lui, avait sans difficulté avancer des arguments solides à son ex-femme. Sa fille était restée dans le sud-ouest pour vivre de son don : la photo. Elle tenait ça de sa mère, lui-même n'ayant que le don artistique de se retrouver seul. Il avait toutefois réussi à garder une relation connivente avec Sarah, qui n'avait jamais vraiment accepté la fuite de sa mère. Elle revenait donc régulièrement passer quelques jours avec son père. Elle avait une sorte d'intuition, parfois, que Bourdieu trouvait fascinante. Elle était capable de sentir le mensonge d'un témoin ou l'existence d'un indice à la seule lecture d'un rapport. Il n'avait évidemment pas l'autorisation de lui faire lire, mais une ou deux fois, elle s'était retrouvée seule dans son bureau du commissariat. Un dossier était resté sur le bureau, qu'elle avait naturellement consulté. Grâce à sa curiosité, et son innocence certainement, elle avait détecté une incohérence entre les faits et les propos du témoin. L'enquête avait abouti sur la culpabilité du témoin et ses aveux. Il aurait adoré qu'elle soit avec lui, en ce moment même, pour l'aider à déceler les anomalies de ce dossier.

Marc Prades avait été libéré le matin même, suite à quelques aveux peu fructueux sur ses relations avec le dealer le plus connu de Paris. Il avait admis avoir tenté un coup tordu avec le dealer de Sophie, pour lui permettre de se faire rapidement de l'argent en lui donnant l'accès à son carnet d'adresses. Le fameux dealer, Boubou, avait refusé cet arrangement bancal malgré l'intérêt financier. Il savait que son chef finirait par l'apprendre et l'exécuterait pour trahison. Tout ce qui motivait Mehdi était de coincer Marc. Ce dernier n'avait donc plus grand-chose à leur livrer pour faire avancer l'enquête.

Bourdieu feuilletait les dernières pages dont il venait d'achever la lecture. Il reposa la pièce à conviction la plus éclairante sur la personnalité de Sophie Jaland. Une enfance tumultueuse sous une façade dorée avait nourri cette jeune victime de doutes, de manque d'amour et de mensonges déprimants. Il avait eu affaire à des enquêtes troublantes de par les circonstances de la mort, mais n'avait jamais eu accès à l'intime comme aujourd'hui. Il se sentait voyeur et indiscret, tout en ayant le sentiment de ne rien apprendre sur l'identité du meurtrier potentiel. Une piste le mettait sur le chemin du fameux Mehdi, connu des services de Police, mais qui n'avait plus fait parler de lui depuis plusieurs semaines. Le lieutenant avait contacté son indic qui n'en savait pas plus, à part une descente de police en novembre. Rien n'avait abouti à une conclusion ferme. Marc était blanchi par un alibi solide. Le patron du bar de la rue de la soif n'avait pas de mobile, si ce n'est une amertume concernant son manque de vigilance. Mais au fond, Miguel avait compris l'acte de Sophie et restait profondément choqué par la mort de son ancienne employée illégitime.

Le lieutenant s'adossa, le journal ouvert devant lui. Un détail qu'il n'avait pas encore relevé lui sauta à la figure. Les deux pages arrachées ne concernaient que les deux jours qu'elle avait passés chez sa mère à Rouen. Il était donc évident que la clé se trouvait là-bas.

Le lendemain matin, il demanda à Marc Prades de revenir pour faire le clair sur ces deux jours de l'automne, dont aucune trace n'avait été laissée dans le carnet de Sophie Jaland.

À dix heures, le samedi matin, le jeune homme se tenait dans le hall du commissariat. Un jean noir, un gros pull gris et un manteau en laine noir lui donnaient l'air d'un mannequin rebelle des années soixante. Bourdieu crut voir James Dean pendant deux secondes. Il le pria de s'installer à son bureau et lui proposa un café. Après quelques regards méfiants et inquiets, Marc Prades se crispa en voyant le journal de Sophie sur le bureau du commissaire. Il savait exactement ce qu'il y était inscrit. Il avait largement eu le temps de le lire, après l'avoir dérobé quelques jours plus tôt. Le passé douteux de l'ex petit ami y était consigné avec un niveau de précision assez étonnant. Il était clair que sa présence ici avait un lien avec ses écarts. Pourtant il avait passé une nuit à se faire interroger sur son passé de revendeur. Le journal avait déjà été lu par la police. Il était donc assez étrange qu'il soit de nouveau convoqué pour les mêmes éléments.

— Où sont les pages déchirées du journal de Sophie Jaland ? Commença sans détour le lieutenant Bourdieu.

— Je ne sais pas, elles étaient déjà arrachées quand je l'ai récupéré.

— Alors qui selon vous aurait pu les arracher ?

— Je sais pas moi, Sophie probablement.

— Je vais poser la question de manière plus directe : Que s'est-il passé durant la période du 31 octobre au 2 novembre ?

Marc se gratta le nez, gêné par la question. Il n'était pas forcément fier de ce fameux mardi 2 novembre.

— J'imagine que ça concerne son petit séjour à Rouen, qui s'est assez mal terminé en revenant à Paris.

— Effectivement, la trahison subie par Mademoiselle Jaland est bien inscrite. Mais ce n'est pas vos histoires de couple qui m'intéressent. Je préférerais que vous m'en disiez plus sur les raisons qui l'ont poussée à aller chez sa mère, alors qu'elle ne lui parlait quasiment plus depuis plusieurs mois ?

— Elle ne m'a jamais rien dit. Simplement à ce moment-là, on était en galère de tune, elle m'avait juste dit qu'elle avait une solution. C'est là qu'elle a décidé d'aller à Rouen.

— Les galères que vous évoquez sont-elles celles liées à Mehdi, avec qui vous avez réalisé du trafic de stupéfiant ?

— Je suppose que c'est écrit ça aussi.

Bourdieu ferma les yeux pour indiquer sa confirmation. Il attendait patiemment un éclairage sur le lien entre le passé de son interlocuteur et le meurtre de Sophie.

— Sophie fumait beaucoup et elle devait du fric à son dealer depuis quelque temps. Mille balles. Ça, je vous l'ai déjà dit. Quand je suis parti de chez elle pour aller voir Boubou, je lui avais demandé de m'attendre. J'ai mis pas mal de temps à le trouver. Je suis donc revenu à l'appart le lendemain matin seulement, mais elle était partie. Elle m'avait laissé un mot pour me dire de ne pas l'appeler, qu'elle avait trouvé une solution.

— Et elle ne vous a jamais dit ce qu'elle avait l'intention de faire ?

— Pas du tout.

— Elle serait allée à Rouen juste pour emprunter mille euros à sa mère ?

— ...

Marc détournait le regard, et s'agitait sur sa chaise. Le lieutenant comprit.

— OK, c'est pas mille balles qu'elle devait c'est ça ?

— Écoutez, c'est un peu plus compliqué que ça. Et j'ai pas envie d'avoir des ennuis moi. J'ai raccroché alors je ne veux plus avoir affaire à ces racailles.

— Monsieur Prades, on parle du meurtre de votre ex-petite amie, pas d'un trafic de drogue. Si vous ne me dites pas tout, je vous coffre pour obstruction à l'enquête.

— Dans le journal il n'y a rien sur cette affaire ?

— Non c'est vous qui m'en avez parlé.

— OK, en fait quand elle est allée rendre la tune, elle est tombée dans un traquenard. Son dealer l'a emmenée dans la planque de Mehdi, le chef de bande. Il lui a refilé dix kilos de H à me remettre. Il voulait ma peau.

— Pourquoi passer par elle à votre avis ?

— Pour être sûr que je m'en occupe. Sinon il lui aurait fait du mal.

En même temps qu'il prononçait cette phrase, Marc eut une lueur dans le regard comme une évidence qui s'imposait à lui. Il continua.

— D'ailleurs, il est où c't'enculé ?

— On ne sait pas encore mais on le cherche. Et qu'a-t-elle fait de la drogue ?

— Justement, je bossais chez mon ami à Orléans quand elle est revenue. Elle m'a appelé en panique. C'est pour ça que je suis allé voir Boubou pour tenter de trouver une solution.

— Qu'allait-elle chercher à Rouen alors ? Elle aurait pris de l'argent à sa mère pour faire croire à Mehdi que vous aviez tout vendu.

— Probablement.

— Et vous pensez que Sophie pourrait y être pour quelque chose dans la disparition de Mehdi ?

— Je ne me suis jamais posé la question. Quand elle m'a surpris le matin de son retour, j'ai essayé de lui parler mais elle a refusé de me voir jusqu'en décembre. Là, on s'est revu mais elle n'a jamais voulu reparler de cette histoire. Elle m'a juste dit : « c'est réglé ». Elle était très anxieuse, toujours sur ses gardes.

Le lieutenant commençait à entrevoir une hypothèse mais il voulait d'abord creuser dans les archives pour en avoir le cœur net. Il libéra Marc Prades vers midi et se mit à fouiller dans les dossiers officiels.

Au bout d'une heure de recherche, il eut la confirmation de ce qu'il soupçonnait. Son indic lui avait parlé d'une descente de flic qui n'avait jamais été consignée. Habituellement, les procédures sont archivées pour vérifier le bon respect des investigations terrain. Aucune trace de l'instruction, du commanditaire, du parquet. Seule une personne pourrait le lui confirmer. Il prit rendez-vous pour le soir même et composa le numéro de Vincent Ruvillon.

VINCENT

Le lieutenant Bourdieu ne mit que vingt minutes à arriver chez moi. J'avais un mal de chien malgré les médicaments et je ne savais pas comment m'installer dans ce canapé si moelleux, qu'on s'y enfonçait sans l'assurance de pouvoir s'en relever.

Il était assis sur une chaise qu'il avait disposée pour me faire face. Son air grave m'inquiétait.

— Qu'y a-t-il de si grave qui ne pouvait attendre ?

— Monsieur Ruvillon, nous avons récupéré le journal intime de Sophie Jaland. Elle y inscrivait toute sa vie. En tous les cas, les étapes les plus importantes. Le fait est que les pages correspondant à la période du 31 octobre au 2 novembre ont disparu. Elles ont été arrachées.

— OK, mais qu'est-ce que j'ai à voir là-dedans ?

— Attendez, nous avons fait la lecture de ce journal qui remonte à quatre ans, date à laquelle elle est venue s'installer à Paris. Et savez-vous pourquoi elle est venue ici ?

— Pour bosser sans doute, comme la majorité des provinciaux qui s'installent à la capitale.

— Pour retrouver son père.

Mon esprit s'évada un moment mais je ne voyais toujours pas le lien avec moi, malgré ma perspicacité.

— Elle croyait que son père était mort avant sa naissance. Mais son beau-père lui a fait une révélation il y a cinq ans qu'elle a très mal vécue, selon ses écrits. Elle a donc commencé à interroger sa mère pour avoir des infos et surtout des explications sur ce mensonge « impardonnable ». C'est là qu'elle a découvert que son père était écrivain et habitait Paris.

La couleur de ma peau avait dû changer radicalement car le lieutenant s'approcha de moi pour me demander si j'allais bien. En un instant la pièce se mit à tourner autour de moi, j'eus très chaud, les bruits se faisaient sourds, puis plus rien. Quelques secondes plus tard, le lieutenant était au-dessus de ma tête et me tapotait les joues en criant mon nom. Je réalisai immédiatement la cause de cette évasion cérébrale.

— Vous êtes en train de me dire que je serais son père ? Donc la femme assassinée il y a quatre jours était ma fille !!! C'est impossible. Hélène me l'aurait dit.

— Hélène ?

— Oui, la mère de Sophie Jaland. Nous avons eu une aventure il y a... trente... ans, dis-je fébrilement en réalisant la probabilité évidente que cette révélation soit vraie.

— Ah... Ce que je vais vous dire ne vous surprendra plus alors.

— Qu'y aurait-il de pire pour un père, de savoir dans la même seconde qu'il a une fille et qu'elle est morte ?

— C'est sûr. Je suis désolé Monsieur Ruvillon. Je n'ai pas pour habitude de dire les choses avec de la dentelle. Donc, en arrivant à Paris, Sophie s'est installée dans un quartier au hasard et elle a découvert rapidement où vous habitiez. Elle a donc attendu qu'un appartement se libère dans votre immeuble pour s'y installer.

— Non mais c'est absurde. Pourquoi n'a-t-elle pas cherché à me parler ?

— Sûrement pour ne pas vous effrayer et par peur de votre rejet. À en lire son journal, on ne peut pas dire qu'elle se soit sentie très accueillie dans sa famille.

— Est-ce que je pourrai lire son journal ?

— Dès que nous aurons confirmé ce lien de parenté et trouvé le coupable de son meurtre, oui.

— Vous avez fini ? Je me sens vraiment fatigué. Si ça ne vous embête pas, je vous laisse partir tout seul.

— Avant, je voudrais récupérer un échantillon ADN pour le test de paternité, si vous le voulez bien ?

— Oui bien sûr. Vous n'avez qu'à prendre ma brosse à dents dans la salle de bain.

Je restai sidéré, alors que le flic aux rondeurs protubérantes se dirigeait dans le couloir. Je n'avais pas bougé un sourcil quand il revint, équipé de gants chirurgicaux et une pochette plastique enfermant l'objet de mon hygiène buccale.

— Merci de votre coopération. Nous reviendrons demain pour l'enquête.

— Comment ça ?

— Dans la mesure où vous êtes intimement lié à la victime, et que vous avez un mobile, nous devons écarter le fait que vous soyez suspect.

— Non mais, vous vous foutez de moi ? Un mobile ? Parce qu'elle serait ma fille ? !! Je viens de l'apprendre ! Où est le mobile, hein ??! Allez sortez de chez moi.

J'étais hors de moi. En colère contre ce foutu flic, contre Sophie pour ne pas avoir osé m'approcher et dévasté par la lâcheté d'Hélène. Mon cœur était prêt à exploser. Je m'allongeai pour me calmer, mais les palpitations se faisaient de plus en plus fortes. La rage à l'intérieur de moi ne cessait de croître. J'en voulais à la terre entière de cette injustice m'ayant poignardé, comme un traître m'attaquant par-derrière. Non seulement, j'avais une fille de vingt-huit ans que je n'avais jamais connue, que j'aurais aimé dès la première seconde, mais qu'on m'avait volontairement privé de tout contact. Mais cette fille, que j'aimais plus que tout alors qu'elle n'avait jusqu'alors pas existé, m'avait été enlevée par un assassin ignoble. Et cette foutue jambe qui me lançait constamment me rappelait l'inaptitude dans laquelle je me trouvais. Tout me rappelait ma misérable vie, ma petite destinée. J'avais dû attirer ce destin cruel pour qu'il me soit rendu aussi vif. J'aimais peu les autres, je ne m'attardais pas dans les soirées mondaines, ni ne faisais d'effort lorsque j'animais des conférences ou des séances de dédicace. La foule me faisait horreur. La fausse sympathie des gens m'étouffait. J'exécrais les discussions hypocrites de lecteurs ignares à la recherche de mon attention. Cette haine de l'autre ou plutôt ce désintérêt devait être la cause de ma condition pathétique.

Le simple fait de me lever pour aller soulager ma vessie était une épreuve. Quitte à souffrir autant faire un détour jusque dans la cuisine, enfin cette pièce n'en portait que le nom. Un amas de vaisselle sale encombrait ce qui fut autrefois un évier. Le plan de travail était couvert d'une couche de crasse, parsemé de vieux sacs de bouffe à emporter ou livrée. Pour ça aussi, j'étais mauvais. Une vague de désespoir m'envahit à cette idée. Bon à rien, c'est tout ce que j'étais. J'avais une fille qui me voulait, qui me cherchait, qui n'avait qu'une seule envie : me connaître. Et je n'ai pas su en profiter. Alors que mes enfants, ceux que j'ai déclarés, que ma femme a accepté que je reconnaisse, étaient partis loin pour fuir la médiocrité que je représentais pour eux. Laure ne s'en cachait pas. Et je ne lui en voulais presque plus. Désormais, père de deux filles si différentes et dont les motivations étaient extrêmes à mon égard, je me sens tellement coupable. À cet instant, j'aurais eu envie de mourir. Mais l'appel de l'alcool fut plus fort, certainement

126

pour me donner le courage de mourir, d'abandonner. Je me servis un verre de rouge dans un des rares verres propres du placard et me traînais jusque dans le salon.

Au lieu de reprendre ma place dans ce canapé défoncé, je m'assieds à mon bureau. Seul espace à peu près familier, dans cet univers si hostile à cet instant. J'ouvris mon ordinateur, resté là depuis quatre jours, sans réconfort ni explication. Je le caressai du bout des doigts, comme pour le remercier d'être là, sans juger. J'ouvris une page blanche et mon instinct se mit en branle. D'abord pour déverser ma colère, mon affection, ma douleur, mes mots les plus durs. Écrire calme l'esprit. Les musiciens ont certainement cette sensation avec leur instrument, mon instrument à moi était mon ordinateur ou mon crayon. Une fois l'esprit apaisé, les idées se construisent et se disciplinent. La page deux fut consacrée à ma tristesse, la dureté de ma vie, la lâcheté avec laquelle j'avais éduqué mes enfants, l'égoïsme avec lequel j'avais quitté leur mère. Je me sentais seul, vide mais mes mains étaient guidées par mes émotions. Les larmes se mirent à couler le long de mes joues. Malgré la douleur intérieure, je ne pus que sourire face à ce signe. Mes yeux se remplirent de liquide chaud et salé jusqu'à ce que ma vue en soit troublée. Je pleurais mais je sentais mon esprit étranger à cette tristesse envahissante.

Il fallait que je me calme. J'avais envie de hurler. La tristesse m'envahit et les sanglots sortirent comme un geyser incontrôlable. Je pleurais pendant une heure. La mort de Sophie, la trahison, la honte, la déception, la colère, la frustration, l'incompréhension, le doute, l'incertitude. Je me sentais dévasté, délaissé, abandonné. Le même gouffre dans lequel je m'étais enfoncé trente ans auparavant.

127

SOPHIE

Lundi 1er novembre 2021

Sophie n'avait pas eu le temps de voir Patrick la veille. Il avait travaillé tard, et Sophie s'était endormie dans le canapé, devant un film que sa mère et elles avaient dû regarder mille fois. Sophie avait dormi comme un bébé malgré quelques réveils nocturnes occasionnés par des cauchemars sur l'épisode Mehdi.

Elle descendit à la cuisine, il était sept heures. Personne ne semblait réveillé. Pourtant l'odeur du café frais la rassura sur le fait qu'elle ne serait pas seule au petit-déjeuner. Il apparut dans l'encadrement de la porte de la cuisine, dans les cinq secondes qui suivirent sa pensée. Il portait un pantalon bleu marine, une chemise ajustée blanche, une cravate à rayure grise, et des Finsbury marrons accordées à la ceinture. Ses tempes grisonnantes lui donnaient l'air d'un homme assuré. Il n'avait pas vraiment eu besoin de ça. La bonne situation de ses parents lui avait permis de s'installer sans effort, sans rechercher à développer un cabinet qui tournait déjà à plein. Il fallait juste maintenir le niveau. Son éducation catholique lui avait appris à donner le change, à travailler pour mériter. Son père lui avait appris à négocier, ne jamais lâcher, et surtout ne rien montrer.

Patrick avait des cheveux fins, mais nombreux. Ils étaient noirs, avec des reflets brillants qui lui donnaient un air toujours jeune. Ses yeux marron et son teint pêche, sur un visage fin mais osseux, lui apportaient un style doux mais sûr de lui. Il savait très bien utiliser cet atout auprès de la gent féminine. C'est sûrement comme ça que sa mère avait succombé.

Patrick ne prononça aucun mot en voyant Sophie. Il savait qu'il avait le pouvoir sur elle. Il attendait qu'elle lui demande quelque chose comme toujours. Sophie avait toujours eu cette retenue, cette crainte envers Patrick. Comme si elle connaissait la profondeur de son côté sombre. La brèche qui le rendait au fond si vil. Mais elle avait le sentiment qu'elle était la seule à le voir. Ses frères ne pouvaient évidemment pas s'en apercevoir. Sa mère était bien trop installée et confortable, pour remettre en question cet homme qui lui avait tout apporté.

Sophie l'embrassa rapidement avant de lui proposer une tasse de café. Puis sans détour, elle lui demanda s'il était disponible pour déjeuner. Il lui répondit par un large sourire, qui trahissait sa fierté au-delà de son air suffisant. Sophie avait juste la nausée de cette réaction mais elle n'avait pas le choix. Il savait, à ce moment-là, qu'il avait le pouvoir sur elle. Leur secret ne serait jamais divulgué.

Elle passa la matinée à lire et répéter son discours, mais n'en était jamais satisfaite. Elle avait promis à sa mère de rester le soir pour dîner en famille, mais elle partirait tôt le lendemain matin pour retourner bosser. Elle n'avait pas de temps à perdre pour se débarrasser de cette sale histoire.

À midi, elle retrouva Patrick à la brasserie du Théâtre, son bureau se trouvait à deux pas rue Jeanne d'Arc. Elle avait choisi cet endroit, sachant pertinemment que sa mère n'y mettrait pas les pieds. Ce lieu lui rappelait trop le souvenir de l'annonce de la mort de sa propre mère. Elle était en train de déjeuner, comme tous les lundis midi avec Patrick, quand son père l'avait appelée, pour lui annoncer que sa mère avait fait une crise cardiaque. Elle n'avait pas souffert, avait-il dit pour donner une note positive à cette annonce tragique. Depuis ce jour, cette brasserie avait une saveur amère.

Patrick était déjà attablé, un demi posé devant lui, son portable entre les mains. Sophie commanda un verre de vin rouge et ne s'encombra pas des politesses.

— Patrick, je déteste te demander ça. Ça va te faire trop plaisir, mais j'ai pas le choix.

— Enfin ma petite Sophie, tu sais que tu peux tout me demander.

Son air hautain donnait envie à Sophie d'abandonner mais elle pensait à Marc. Il lui avait laissé un message la veille pour lui confirmer qu'il avait échoué dans son plan. Il tentait de revendre la came, mais la solution qu'il avait espérée auprès de Boubou n'avait pas fonctionné. Mehdi tenait trop bien ses hommes. Elle n'avait définitivement pas le choix.

— Je me suis mise dans la merde à Paris avec un dealer. Il me fait chanter et je ne sais pas comment m'en dépêtrer. Ne me demande pas comment je me suis fourrée là-dedans, je culpabilise déjà assez.

— Je vois. Et pourquoi je t'aiderais ?

— Tu le sais très bien, n'est-ce pas ?

Patrick eut un léger sourire en coin, son regard s'abaissa. Il reprit.

— OK admettons que j'ai envie de t'aider. Comment pourrai-je le faire ?

— Je me dis que tu as le bras long, que tu pourrais organiser une descente pour choper ce mec et son réseau. C'est du lourd, ça pourrait te ramener les honneurs. Je

131

sais où est leur planque. En échange, je veux que notre casier à Marc et moi reste vierge.

— Il faudrait que tu sois plus précise car je ne vois pas comment je pourrais faire ça. Démanteler un réseau de trafiquant prend généralement six mois voire un an. J'espère que tu n'es pas pressée.

— Tu déconnes ! Si je ne rends pas le fric samedi je suis morte.

— Ah... Je crains qu'il vaille mieux que tu restes dans le coin alors.

Il avait cet air si sûr qui indiquait qu'il était content de lui. Ravi que Sophie se retrouve coincée et dépendante de lui. Que sa vérité suffise à faire taire tout le monde, comme au Tribunal. Ses plaidoiries étaient largement applaudies qu'elles soient en faveur des victimes ou de l'accusé. Il avait l'art habile des mots en lui, le talent oratoire. Il lui était donc rarement opposé de défense difficile. Dans la vie professionnelle du moins. La ville de Rouen, et certains pairs de Paris, faisaient appel à lui pour les procès les plus complexes. Il ne lui était donc pas difficile de se sentir aisé face à une jeune provinciale, en difficulté dans la capitale.

Sophie lui expliqua alors l'enjeu de sa requête. Mehdi, le sac de drogue à vendre dans la semaine, le risque pour Marc, les risques pour elle et sa famille. Et ce que cette info pouvait lui apporter à lui, Patrick Balard. Elle ne voulait surtout pas utiliser sa botte imparable. Elle voulait juste obtenir cette aide en faisant appel à son bon sens. Sophie lui demanda également les milles euros qu'elle devait à Miguel. L'argent n'était pas le problème pour Patrick, il en avait bien assez pour faire vivre la ville entière. Il avait toutefois l'air contrarié de la requête de Sophie et surtout décidé à ne pas lui sauver la vie. Il fallait impérativement qu'il cède.

La serveuse vint les débarrasser de leurs assiettes. Sophie n'y avait presque pas touché. Elle avait recommandé un verre de vin pour se détendre. Patrick commanda un café. Il semblait pressé tout à coup. Alors Sophie n'avait plus le choix.

— Tu préfères que je parle de notre petit secret à maman ce soir ?

Patrick pâlit instantanément comme si la mémoire lui revenait. Mais on ne faisait pas faillir Patrick Balard aussi facilement.

— Tu me menaces ? Tu te prends pour qui, espèce de petite garce. Si tu en es là, c'est grâce à moi, ne l'oublie pas ! Ta mère n'avait rien quand je l'ai rencontrée. Je t'ai élevée, je t'ai tout donné.

— Tu m'as bien appris la vie oui, c'est sûr. Et ton discours ne prend plus sur moi. Je te demande juste un service contre mon silence.

Sophie avait décidé de rester calme. S'énerver lui aurait donné raison.

— Bien pas de problème, nous nous remémorerons les bons souvenirs du passé en famille ce soir.

Sophie se leva et quitta la table. Patrick resta interdit. Il se ravisa et rattrapa Sophie. Un arrangement fut convenu en deux minutes. Il allait passer des coups de fil cette après-midi, pour organiser une descente dans la semaine. Sophie pouvait souffler, profiter de sa ville natale et s'autoriser à rêver d'une justice.

Le dîner se déroula dans une ambiance décontractée comme ça n'était pas arrivé depuis presque dix ans. Hélène avait préparé des lasagnes au saumon, le plat préféré de Sophie. Les jumeaux étaient passés chacun à leur tour, saluer leur sœur aînée. Ils avaient reconnu que sa nouvelle coupe de cheveux lui allait parfaitement et avaient discuté de leurs dernières conquêtes amoureuses.

133

Après le dîner, Patrick, Hélène et Sophie avaient discuté des potins rouennais et des dernières affaires croustillantes dont s'était occupé le cabinet. Ces discussions légères n'étaient pas habituelles. Les souvenirs de Sophie étaient plutôt ceux de dîners silencieux et tendus. À vingt-deux heures Hélène partit se coucher. Sophie allait faire de même quand la main de Patrick lui enserra le poignet.

— Arrête, tu me fais mal !

— Viens là, tu vas me remercier maintenant que je t'ai sauvé la vie. Et ça nous rappellera le bon vieux temps.

— Mais t'es dingue ! qu'est-ce que tu me veux ?!

— Ferme ta gueule, je n'ai qu'un coup de fil à passer pour tout annuler. Alors tu vas te laisser faire et tout ira bien.

Patrick avait déjà les mains sur ses seins, Sophie sentait son sexe durcir contre sa cuisse, il l'astiquait contre sa jambe comme un chien en chaleur sur les membres inférieurs de n'importe quel inconnu. Il lui susurra à l'oreille des mots. Sophie eut un haut-le-cœur, les images revenaient à la surface alors qu'elle avait tout fait ces dernières années pour les effacer à tout jamais. Elle résistait pourtant, les enjeux étaient bien trop importants pour tout gâcher maintenant. Patrick lui arracha son chemisier pour lui manger un téton, tout en passant une main déterminée dans son pantalon. Ses doigts fins et manucurés vinrent se fourrer sans aucune précaution dans le vagin sec de Sophie. Elle ne put retenir un petit cri de douleur auquel Patrick répondit avec encore plus d'excitation. Jamais elle n'avait osé prononcer un seul mot, ni même un son.

Malgré sa docilité habituelle et l'état de soumission dans lequel elle se mettait généralement face à cet homme autoritaire, Sophie se recula d'un bond et envoya une gifle à Patrick. Certainement peu habitué à une telle révolte, il se figea un instant, puis se tourna vers la cheminée en braise pour se diriger vers le canapé. Sophie avait la gorge serrée, le cœur battait la chamade, et ses membres tremblaient. Elle se demandait quelle attitude adopter. Devait-elle se respecter en assumant sa réaction de rejet, ou devait-elle sauver sa peau et celle de Marc en acceptant cette emprise déjà trop destructrice. Patrick attrapa son téléphone et écrivit un message. En le reposant il lui assena « tu as choisi ». Il se leva et partit s'enfermer dans son bureau.

Sophie resta muette et figée. Elle savait que d'autres solutions existaient, mais c'était facile avec lui. Elle avait de quoi le faire chanter même s'il connaissait toute la place judiciaire et policière. Elle tenta un dernier coup.

Il sortit de son bureau rouge de rage en prononçant à mi-lèvres « c'est bon, tu as gagné maintenant dégage. »

Sophie remonta faire son sac et partit pour la dernière fois de Rouen.

HÉLÈNE

Samedi 29 janvier 2022 - 18 h 51

Hélène marchait boulevard saint Antoine, en regardant les vitrines encore éclairées, et pour certaines, décorées de guirlandes de Noël. Son regard traversait la vitre sans jamais atteindre les objets exposés. Il restait vague et concentré sur un autre sujet : Vincent. Elle avait toujours ① rêvé de revoir cet homme qu'elle avait tant aimé, qu'elle avait toujours aimé d'ailleurs. Sa vie aurait été certainement bien différente avec lui mais c'était mieux ainsi. Elle savait que Vincent ne lui aurait pas permis d'accéder aux facilités qu'elle a eues avec Patrick. Elle a pu offrir à sa fille des études, et à ses garçons, un avenir. Et puis n'est-ce pas mieux comme ça. Aujourd'hui, rien ne l'empêche de quitter Patrick pour se consacrer à sa vie à elle. Elle lui a déjà assez donné. Et elle n'est pas dupe, elle sait. Elle l'a vu. Sortir d'un restaurant, d'un hôtel, alors qu'il était censé être en déplacement. Les rumeurs se font peu discrètes, surtout quand on travaille dans le même cabinet pendant dix années. Au début, Hélène avait souffert de ces mensonges, mais elle le laissait s'excuser à coups de bouquets de fleurs, de week-ends à l'étranger, ou de cadeaux démesurés. Ça lui allait bien à elle aussi, et ça lui évitait de justifier certaines migraines trop souvent exprimées.

137

Hélène avait beau reconnaître qu'elle avait profité de la situation, elle n'en avait pas pour autant pardonné à Patrick. Dernièrement, il avait tenté de comprendre son manque de désir, ou plutôt il lui avait fait remarquer que leur dernier ébat datait de quelques mois et qu'il était frustré. Ce jour-là, sans vraiment comprendre pourquoi, elle lui avait tout balancé. La discussion n'est plus jamais revenue. Il avait trop besoin d'elle pour afficher une image d'homme respectable et stable. Son business était bien trop dépendant d'Hélène.

Elle n'avait plus de désir pour lui depuis bien longtemps. Alors que le seul regard de Vincent, au pied de son immeuble, lui avait envoyé une décharge sensorielle dans tout le corps. Elle ne se souvenait plus de telles vibrations corporelles, de cette chaleur étourdissante. Plus elle avançait vers son objectif, plus son cœur tambourinait. Elle rejoignait l'amour de sa vie dans un lieu où sa propre fille avait vécu. La fin d'une vie pour la renaissance d'un amour peut-être. Elle savait aussi qu'elle lui devait la vérité. Une vérité, bien amère et lourde à digérer, qui risquait de mettre en péril les projets d'Hélène. Mais une vérité nécessaire pour un avenir serein. Le mensonge a bien trop duré, même s'il avait été motivé par leur rencontre durant l'hiver 1993.

Hélène se trouvait devant la lourde porte cochère. Elle disposait du code et entra dans le couloir sombre. Elle longea les arrière-boutiques remplies d'effluves des deux restaurants attenants. Son ventre se mit à gargouiller.

Elle entendit Vincent lui dire d'entrer, avec un ton froid et distant, alors qu'elle avait encore le doigt sur la sonnette. Son appartement était décoré avec des objets anciens voire rustiques. Un bureau était disposé près de la fenêtre dans la pièce principale. Elle s'avança et le vit assis, reculé contre la chaise, le regard dans le vide. Un sentiment étrange l'inonda. L'atmosphère était déjà lourde alors qu'il n'avait échangé aucun mot. Elle s'avança discrètement comme si elle voulait qu'il ne l'entende pas.

— Qu'est-ce qui t'a pris ?!

Je l'avais agressé immédiatement, prenant bien soin de ne pas la regarder, pour être certain de ne pas diminuer ma colère.

— Je vais te laisser si ça ne va pas. On discutera plus tard.

— Certainement pas ! Je pense, au contraire, que tu as beaucoup de choses à me dire !

Hélène se tenait debout, elle n'avait pas quitté son manteau, qui lui servait de protection. Elle devina qu'il était au courant. Mais comment était-ce possible, à moins d'un test ADN réalisé par les services judiciaires. Elle ne pouvait plus se dérober.

— Je vais tout t'expliquer. Mais je te demande de m'écouter s'il te plaît. Tu as le droit d'être en colère, mais crois-moi je n'avais pas le choix.

— On a toujours le choix, le tout est de faire le bon sans faire souffrir quiconque.

— Tu te rappelles ? La dernière fois que nous nous sommes croisés à Paris ? Tu démarrais ta vie dans la Capitale. Tu m'as dit que tu étais heureux, que tu voulais profiter et ne pas t'encombrer d'une histoire compliquée.

— ...

— Lorsque je suis rentrée à Rouen, quelques mois plus tard, j'ai passé mes examens et mon état de fatigue m'inquiétait. C'est là que j'ai découvert que j'étais enceinte... de quatre mois. Il était donc trop tard pour faire quoi que ce soit.

— Tu aurais pu m'appeler. Tu es sûr qu'elle était de moi ?

— Oh que oui, je n'avais eu aucune relation, et même si je commençais à flirter avec Patrick, il n'y avait aucun doute. Quand Sophie est née, la certitude m'a envahie. Mais j'avais fait une promesse à Patrick. Il m'avait donné la sécurité, un emploi, un avenir pour Sophie. Je ne pouvais plus faire marche arrière. Il a élevé Sophie comme sa fille sans faire de distinction avec nos deux autres enfants. J'aurais tellement aimé que tu la connaisses... Je suis désolée...

— Et qu'est-ce que tu lui as raconté sur son père ?

— Je lui ai dit qu'il était mort

C'était trop à supporter. Je tentais de me lever mais la douleur m'obligea à rester immobile. La situation était cocasse. En temps normal j'aurais piqué une crise de colère, mais mon état me l'empêchait. C'était sûrement mieux comme ça. Je le prenais comme un signe. Il me fallut quelques minutes pour digérer ces mots durs et dénués de toute empathie.

— Tu réalises ce que tu me dis ? J'aurais été un père si nul pour toi qu'il valait mieux que je sois mort c'est ça ?

— Mais non Vincent, bien sûr que non !

Hélène tenta de s'approcher de moi pour avoir un contact physique et réconfortant, mais je ne pouvais pas la toucher. Je sentais pourtant un début de désir, une force supérieure m'attirer vers elle. Ma vie avait été comme un désert sentimental, un ennui infini malgré deux enfants que j'aime profondément. Mais j'avais toujours ressenti un vide inexplicable. Un manque.

— À l'adolescence, Sophie est devenue immaîtrisable, effrontée et révoltée. C'est comme si elle se doutait de quelque chose. Elle était en permanence agressive avec Patrick. Pourtant il n'avait jamais prononcé un mot plus haut que l'autre avec elle. Il était bienveillant. Mais il y a quelques années, je ne sais pas comment elle l'a su, elle était persuadée que son père était vivant et ne correspondait pas du tout à l'homme que je lui avais décrit. Patrick m'a avoué qu'elle l'avait tellement menacé, qu'il avait craqué. Il lui avait dit qui tu étais. Cette trahison a été insupportable pour moi, et pour ma relation avec Sophie. Depuis ce jour, elle ne me parlait quasiment plus. Elle a décidé de partir vivre à Paris pour te retrouver.

— Et pourquoi tu ne m'as pas prévenu à ce moment-là ?

— C'était sa démarche, je ne voulais pas déranger ta vie. J'étais persuadée que si Sophie était venue te parler directement, tu l'aurais accueillie avec discernement.

— Parce que tu penses que je n'en avais pas avant ?

— Je n'ai pas dit cela. Mais si je t'avais prévenu, je n'aurais certainement jamais eu l'occasion de te revoir, et de parler comme nous le faisons maintenant. Tu n'aurais certainement jamais voulu me revoir.

— C'est encore le cas. Je ne suis pas sûr d'avoir envie de te voir. Pour l'instant t'écouter est déjà bien assez difficile.

Je n'avais effectivement pas encore posé mon regard sur Hélène. Je sentais pourtant le sien désespérément insistant. J'enchaînais la discussion sans savoir vraiment où cela nous mènerait, mais j'avais besoin de connaître ma fille.

— Elle t'avait parlé de moi après m'avoir rencontré ?

— Non, comme je te l'ai dit, elle ne me parlait plus. Je l'ai revue une seule fois en trois ans, ce fameux premier week-end de novembre. Elle était épuisée, elle est venue passer une nuit, puis elle a disparu de nouveau. Nous n'avons pratiquement pas parlé. Je l'ai sentie tellement lointaine et préoccupée. Elle avait certainement des soucis importants.

— Et avec Patrick, comment ça s'est passé ?

141

— Il a été très peu présent. Il est resté distant. Nous avions dîné tous les trois avant qu'elle ne parte. Il était plutôt détendu mais n'a pas dit grand-chose.

— Et tu ne t'es pas demandé pourquoi ?

— J'étais juste contente que Sophie soit venue. Je me disais que c'était le début d'une réconciliation et que les choses s'amélioreraient avec le temps. Mais rien ne s'est passé comme prévu...

— Tu es au courant que la police détient son journal intime ? C'est comme ça que j'ai appris qu'elle était à Paris pour me retrouver. Il a fallu qu'elle meure pour que j'aie connaissance de notre lien. Quelle ironie du sort, n'est-ce pas ? Elle ne serait pas morte, j'aurais peut-être moi-même quitté ce monde sans jamais le savoir.

— Je suis certaine qu'elle te l'aurait dit à un moment donné. Mais Sophie était quelqu'un de patient, structuré et surtout déterminé. Elle était certainement décidée à te le dire. C'est peut-être ce qui l'a tué...

— Qu'est-ce que tu veux dire ? Que quelqu'un ne voulait pas que je sache ?

Hélène tourna le visage vers l'extérieur, même si à cette heure-ci, la nuit avait pris sa place. Elle devenait pensive, comme si une idée lui était apparue, sans toutefois vouloir la partager.

— Tu sais quelque chose, Hélène ? Dis-le moi ?

— Non, pas du tout, je réfléchis simplement... Je m'aperçois que je ne la connaissais plus. Elle était devenue si distante depuis...

— Depuis quoi ?

— Depuis qu'elle a appris que je lui avais menti.

— Je ne peux pas te blâmer cette fois-ci.

Son visage s'assombrit encore plus. Elle était rongée par la culpabilité, même si rien ne pouvait changer la situation. Elle triturait la manche de son pull comme si elle voulait le détricoter. Elle arrachait quelques bouloches à force de le gratter. Elle se leva et faisait désormais les cent pas dans l'appartement mal rangé.

— Hélène, lui demandai-je avec douceur, viens t'asseoir à côté de moi.

Je m'étais mis dans le canapé pour allonger ma jambe. Elle se rapprocha mais je sentais son stress. Elle me cachait quelque chose. C'est comme si elle savait. Elle ne me dit rien de plus pourtant, mais elle me prit la main pour la caresser. Elle s'excusa, les larmes inondant son regard d'émeraude. Je ne pouvais pas résister, même si je lui en voulais de ce mensonge impardonnable. Je lui rendis ses caresses et nos lèvres se retrouvèrent comme il y a trente ans.

SOPHIE

Samedi 22 janvier 2022

Sophie se réveillait à côté de Marc. Ils n'étaient plus ensemble depuis ce matin de novembre mais le sexe les unissait. Ils avaient aussi ce secret qui renforçait leur lien à vie et leur offrait une attache invisible.

À son retour de Rouen, Sophie avait non seulement perdu son amoureux, mais également sa famille. Elle savait qu'elle ne remettrait plus jamais un pied à Rouen, que d'affronter son beau-père serait une trop lourde entreprise pour elle. Elle préférait ne plus jamais voir sa mère, plutôt que revoir le visage de cet homme véreux et malsain. Elle se demandait comment sa mère avait pu offrir son corps à ce gros porc. Depuis Noël, sa mère cherchait à la joindre, mais Sophie ne voulait pas se justifier. Hélène était venue la voir pour tenter de comprendre et de lui expliquer pourquoi elle lui avait menti au sujet de son père. Sophie lui en voulait, c'est vrai, mais beaucoup moins pour ce mensonge, que pour son aveuglement face aux agissements de Patrick. Elle lui en voulait de ne rien voir, ou de ne pas vouloir voir. Lors de cette soirée de janvier, Sophie avait tenté de lui expliquer mais elle sentait qua sa mère n'était pas réceptive. Sophie n'avait pas pu lui raconter. C'était une épreuve pour elle aussi de se remémorer ces moments

145

traumatisants de son enfance. Elle s'était simplement contentée de lui exprimer son sentiment d'injustice, dans le traitement que lui réservait Patrick lorsque Hélène était en déplacement. Mais Hélène tentait de protéger Patrick, de le défendre, quoique lui dise Sophie.

Quand Hélène est rentrée à Rouen, elle s'est rappelée certains moments de leur passé, les vacances en Crète, ses déplacements aux États-Unis où elle avait dû laisser Sophie alors qu'elle n'avait que sept ans, le regard triste de sa fille lorsqu'elle était rentrée une semaine plus tard. Elle avait mis ça sur la séparation trop douloureuse pour une si petite fille.

Sophie était soulagée ce samedi matin, elle se sentait légère. Mehdi avait été arrêté avec son cartel, la drogue avait été revendue par Marc pour que Mehdi ne se doute de quoi que ce soit. Ils avaient réussi à sortir de cette impasse grâce en partie à Patrick, elle ne pouvait pas le nier. Mais elle savait qu'il lui rappellerait sa dette. Ne plus jamais le voir était donc la seule solution pour éviter un drame. C'est la raison pour laquelle elle avait dû expliquer la situation à sa mère. Sophie, ce week-end-là, avait pris de grandes décisions : rencontrer son vrai père, changer de boulot, quitter Paris, quitter Marc, vivre sa vie.

Alors que Marc dormait encore, elle écrivait une lettre à Monsieur Vincent Ruvillon, 29 rue de Cottes à Paris.

« Monsieur,

Je suis votre voisine de palier, et ce que j'ai à vous dire n'est pas d'une grande facilité. Je sais que si vous poursuivez cette lecture, vous aurez soit envie de me fuir soit de me connaître, mais vous ne pourrez plus jamais rester indifférent à ma personne.

Je m'appelle Sophie Jaland, je suis la fille adoptive de Patrick Balard et de Hélène Jaland. J'ai grandi à Rouen dans un confort et une insouciance assez importante. Je n'ai jamais manqué de rien. Il parait que mon père est mort avant ma naissance, qu'il était musicien et habitait dans le sud-ouest. Mais ne me demandez pas comment, je sais que tout ça est faux. C'est une invention de ma mère pour que j'accepte Patrick, et notre vie de famille parfaite. Un jour, alors que mon "père" essayait une énième fois d'abuser de moi, je me suis révoltée. Il n'aimait pas que je me défende, il préférait quand j'étais la petite fille docile. Il s'est alors énervé, il a crié sur moi en me disant que j'étais une bonne à rien comme mon père. Là, mon cœur a chaviré. J'avais mis de côté cette réalité. J'ai commencé à le questionner sur mon père. J'ai été très très gentille pour qu'il soit très très bavard. Ma mère était partie quelques jours à l'étranger. C'était il y a déjà cinq ans, mais il m'a fallu vous rencontrer pour avoir le courage de me présenter. Il a commencé à dire que mon père n'était pas mort, qu'il était un artiste raté et pauvre. J'en veux énormément à ma mère, c'est la raison pour laquelle je suis partie de Rouen. Ensuite, j'ai donc commencé mes recherches sur vous, j'avais votre nom. C'était assez facile.

J'ai quand même mis cinq ans à me décider à faire votre rencontre. Je suis donc venue vous voir à la présentation de votre livre à Paris en 2016. Évidemment, je n'ai pas pu vous parler. Il y avait trop de monde, et vous m'aviez impressionnée. Lorsque j'ai terminé mes études et que mon premier boulot à Rouen m'a définitivement ennuyé, je suis venue à Paris vous retrouver. Ça faisait un moment qu'on n'entendait plus trop parler de vous. J'avais d'ailleurs du mal à trouver des infos jusqu'à ce que je rencontre votre agent à l'une de vos conférences. Il m'a dit que vous étiez en train d'écrire un nouveau roman et que vous étiez enfermé dans votre appartement rue de Cotte. J'ai dû faire le planton pendant des journées entières avant de vous voir enfin sortir de votre appartement. C'était un jour d'octobre, je me souviens, vous portiez un imperméable gris et des baskets marron. Votre chien traînait la patte. Vous aviez l'air vieux et fatigué. Je me suis alors dit que Patrick n'avait peut-être pas tout à fait tort. Mais si vous étiez vraiment mon père, vous ne pouviez pas être un raté.

Quelques mois plus tard, j'ai trouvé un appartement dans votre immeuble, sur le même palier par chance. Mon envie de vous connaître était immense mais ma timidité encore plus. J'ai donc organisé une petite fête des voisins. Quel bonheur quand je vous ai vu ce soir-là. J'étais tellement heureuse de vous avoir touché. Mais je n'ai pas pu. Vous l'aurez compris, c'est vous, mon père. Vous avez revu ma mère à Paris, et vous lui avez dit que vous ne vouliez pas de cette histoire. Elle a compris que vous ne vouliez pas de moi. C'est la raison pour laquelle elle ne vous a rien dit, ni à moi d'ailleurs.

Après six mois à vos côtés, je sais que vous êtes aussi maladroit que moi. Vous êtes sûrement habile avec les mots mais pas avec vos émotions. Je suis votre fille, je l'ai su dès votre premier regard sur moi. Aujourd'hui, je vous écris car je n'y arriverai pas sans vous. J'ai trop peur de votre rejet. Alors quand vous aurez ce courrier, et si vous le lisez, je vous attendrai chez moi. Vous serez toujours le bienvenu. Mais je ne viendrai pas vous demander quoique ce soit. Vous avez le choix d'accepter d'être mon père, ou de m'ignorer. C'est vous qui décidez.

En tous les cas, merci, car sans vous je n'aurais jamais écrit cette lettre et je ne me serais jamais libérée.

Sophie

PS : si vous ne venez pas d'ici trois mois, je déménagerai pour vous laisser tranquille. »

Sophie posa son stylo, épuisée, glissa la lettre dans une enveloppe beige sur laquelle elle indiqua l'adresse de son voisin. Elle sentait comme une urgence dans cet acte si symbolique. Elle prit sa veste et s'enfuit de chez elle pour aller poster cette missive et vivre sans regret. Elle avait le sentiment d'avoir posé un énorme sac de roches parsemées de cailloux de gène, de honte, de frustration, de dégoût et de solitude. Elle avait parlé à ce père inconnu, comme si elle le connaissait et espérait secrètement qu'il accoure la serrer dans ses bras et l'adopter d'office.

La lettre disparut dans l'obscurité derrière la fente en fer pour commencer son chemin vers la vérité.

HÉLÈNE ET VINCENT

Samedi 29 janvier 2022 très tard

Je suis allongé, nu, enveloppé d'un sentiment de bien-être que je n'avais pas ressenti depuis de nombreuses années. Hélène est endormie dans mes bras. Ses courbes parfaites épousent les miennes comme si nous étions faits l'un pour l'autre. Et nous sommes faits l'un pour l'autre. Nos retrouvailles ont été si intenses, si naturelles que notre union était une évidence. Mon sentiment de trahison s'était effondré entre ses cuisses. Le souvenir de notre dernière rencontre m'avait rappelé combien j'avais été catégorique sur ma volonté de vivre libre et sans attache. Elle avait interprété mes propos au pied de la lettre. Je crois que le plus grand sentiment de frustration et de regret était de ne pas avoir pu échanger avec Sophie, comme un père. Ne pas avoir pu l'élever me demandera quelques mois d'acceptation. Mais le plus difficile à entendre, est de la savoir si près de moi, elle, au courant et moi, dans l'ignorance la plus totale. Ne pas avoir eu suffisamment de clairvoyance, pour deviner qui elle était, me rendait dans un état de rage. Sa ressemblance avec sa mère était pourtant flagrante.

Tout devenait si limpide. Ce sentiment de déjà la connaître à chaque fois que je la croisais. Une attirance bienveillante et subtile me submergeait systématiquement, sans comprendre réellement ce lien invisible omniprésent. J'avais remarqué, lors de la soirée des voisins qu'elle avait organisée, que certains regards connivents m'étaient adressés, mais j'avais pris cela pour un attrait particulier pour les hommes d'âge mûr. Son initiative d'organiser cette soirée avait été si unique pour un immeuble comme le nôtre, que j'avais été aveuglé par l'idée brillante avant d'envisager un quelconque dessein provoqué par son instigatrice. Je ressentais un amour infini, tout à coup, pour ma fille que je n'avais pas connue. Elle faisait partie de moi tout entier comme si elle avait toujours existé.

Je sens le corps de mon âme sœur se mouvoir doucement. Hélène soulève la tête et me sourit. Sa beauté m'éblouit. Le visage de Sophie apparut soudain, ce qui me refroidit instantanément. Alors que les heures qui ont précédé n'ont démontré aucune animosité, je devenais d'un coup enragé. Je me levai d'un bond, assez timide, vu l'état de ma jambe. Sans comprendre ce renversement d'état d'esprit, je sommai Hélène de quitter mon appartement.

— Vincent, ne fais pas ça ! On s'aime, ne gâche pas tout !

— Il aurait fallu y penser il y a vingt-huit ans. Laisse-moi seul, j'ai besoin de temps.

Hélène se rhabilla sans un mot, le visage fermé et attristé puis claqua la porte l'instant d'après.

Désormais seul, je repris mon ordinateur pour poursuivre les quelques chapitres bien entamés de l'histoire que je venais de commencer. J'écrivis ainsi pendant une bonne partie de la nuit jusqu'à l'épuisement. J'avais besoin de raconter cette page de ma vie, et les émotions qui avaient jailli aussi violemment.

J'avais fait des recherches sur Sophie, Hélène et le compagnon de cette dernière. Sophie avait des frères jumeaux. Très peu d'informations était accessible sur Arnaud et Louis. En revanche, leur père était un avocat renommé même à Paris. Il avait un gros cabinet sur Rouen, mais était régulièrement interviewé pour des affaires de pontes parisiens. Patrick Balard avait une allure d'homme officiel coincé et arrogant, avec des costumes bleu marine de belle qualité et des chaussures systématiquement assorties à la ceinture. Il était sûr de lui, s'exprimait avec un français soutenu, le regard planté dans celui de son interlocuteur. C'était un homme orgueilleux, que la vie avait bien doté. Issu d'une famille bourgeoise de Rouen, il avait suivi les traces de son père et avait repris le cabinet. En poursuivant mes recherches, je découvris une autre figure de la famille, plus âgée mais au regard plus doux. Claude Balard, son frère, était procureur à Paris depuis de nombreuses années. Je suppose que le lieutenant Bourdieu devait le connaître. Je décidai d'en savoir plus dès le lendemain matin.

LA POLICE

Samedi 29 janvier

Devant la porte du parloir, le lieutenant Bourdieu attendait patiemment qu'on l'autorise à rentrer pour découvrir le profil de celui qui avait menacé Sophie Jaland. C'est un homme assez petit, trapu et tatoué, qui lui fit face quelques minutes plus tard. Sa visite avait été décidée assez rapidement et il avait dû user de ses connaissances pour être autorisé à rencontrer Mehdi Bouchakri. Il était bien protégé, ou alors il savait des choses que personne ne souhaitait divulguer. Son rôle dans toute sa carrière, si on peut la nommer ainsi, nécessitait une discrétion et la maîtrise de l'art du mensonge. Bourdieu savait qu'il repartirait certainement sans l'ombre d'une information, mais c'était la seule option envisagée, un début d'indice.

Son ami indic lui avait parlé d'une descente de flic en novembre, dans la planque de ce dealer. Il était donc inévitable que la BAC soit acteur dans cette opération. Un vieil ami, y travaillant depuis quelques années, n'avait eu aucun mal à retrouver certains documents secrets confirmant que Mehdi était incarcéré dans la prison de Fleury Merogis pour trafic de stupéfiants, grand banditisme et tentative de meurtre. L'affaire avait été classée « top secret » pour des raisons encore méconnues. Aucun nom n'était ressorti dans le dossier. Seul l'inculpé lui-même pouvait se rappeler de quelques noms impliqués.

Mehdi s'installa face à lui avec une fierté non dissimulée. Les visites ne devaient pas être si nombreuses pour un homme de son espèce. Une vie de famille limitée à sa mère et ses sœurs. Il en avait quatre. Le seul homme de la famille avait réussi à procurer à ses proches un grand confort matériel grâce à son entreprise criminelle. Ce que Bourdieu avait lu sur son dossier, le seul qu'il ait trouvé dans les archives le concernant, datant de plus de dix ans, était que ce Medhi Bouchakri avait perdu son père très jeune, et que ses sœurs lui avaient tourné le dos en apprenant la réalité de son quotidien. Contrairement à lui, elles avaient « réussi dans la vie ». Elles avaient une vie rangée, un boulot, et pour l'une d'elle, un poste à responsabilité. La mère, en revanche, idolâtrait le seul homme du foyer, le fils prodige. Comment ne plus aimer son enfant, avait-elle précisé lors d'un interrogatoire suite à un vol à la tire. Bourdieu imaginait donc cet homme seul, sans enfant ni femme. Il avait ce regard profond des gens que la vie n'a pas épargné et qui s'enfoncent dans une réalité encore plus dure pour confirmer que c'est leur destinée.

— Vous avez rencontré Sophie Jaland le samedi 30 octobre 2021, c'est bien ça ?

— Comment tu veux qu'j'me rappelle c'que j'foutais ce jour-là ?

— OK. On va prendre les choses autrement.

— Pour quelles raisons êtes-vous ici ?

— Si vous et'là, vous d'vez l'savoir, c'est vous le flic.

Face à une coopération décidément échouée, Bourdieu se lança dans une explication plus détaillée de la raison de sa visite. Malfrat sans nul doute, Mehdi avait sûrement quelques qualités, notamment celle d'apprécier d'être associé et récompensée. Le lieutenant lui raconta toute l'histoire, le meurtre de Sophie, la découverte de son journal intime, les pages manquantes correspondant à une date très proche de sa dernière entrevue avec lui, les révélations de Marc Prades, l'atrocité d'un meurtre sans mobile apparent que peut-être seul lui, Mehdi, grand sauveur de la situation, pourrait élucider.

— J'l'a connaissais pas cet'fille. J'l'ai vu qu'une fois. Elle était bonasse d'ailleurs, une vraie p'tit pute. C'était son mec qu'j'voulais. Il me d'vait du fric et j'aime pas qu'on s'foute de ma gueule. J'vois pas c'que j'peux vous apprendre.

— Et Marc Prades, vous l'avez revu après ce fameux samedi ?

— Ouais ça s'pourrait bien. Mais j'me rappelle plus bien. Faudrait m'rafraîchir un peu la mémoire.

— Il vous devait plus de dix mille euros, il ne vous a sûrement pas fait un virement.

— Il les a p't'et fait passer par mon bras droit ? Ou alors par quelqu'un d'autre... c'que j'sais c'est qu'j'connaissais pas l'gars.

— Et à quel moment vous avez récupéré l'argent ?

— Ben j'dirais quatre cinq jours après, c'est pour ça qu'j'm'en rappelle. J'me suis dit qu'il avait pas chômé le Prades pour livrer la came. Vu le volume qu'il avait à refourguer, c'était un peu chelou d'ailleurs. Mais bon, il avait tenu le deal, on était quitte. Moi ch'sui pas un chien. Quand j'dis les choses, je fais c'qu'je dis. C'est le Prades qu'était pas clair.

— Comment ça ?

— Bah, il s'était barré avec une autre livraison quelques semaines avant et m'avait rapporté la moitié du fric en voulant démissionner. Ça s'fait pas. Il fallait lui rappeler qui j'étais.

157

— C'est comme ça que Mademoiselle Jaland s'est retrouvée chez vous, c'est bien ça ?

— Hey ouais, sa p'tite boniche, chez qui y s'était planqué, risquait d'pas bien apprécier. C'était un bon moyen d'le faire craquer.

— Et à quel moment vous vous êtes fait choper ?

— C'est ça qui est bizarre, ça d'vait êt' peu de temps après.

— Et quel magistrat a ordonné votre mise en examen et votre incarcération ?

— Franchement j'me rappelle plus. J'sais qu'j'l'ai vu une ou deux fois, il était p'tit, châtain, coincé. J'ai remarqué qu'il avait un tatouage sur le poignet. Pour un p'tit bourgeois, ça m'a étonné.

— Et il représentait quoi ce tatouage ?

— Genre un soleil ou un truc comme ça.

— Et son nom ça vous revient ?

— Bah non, j'te dis. bâtard ou tartare...

Mehdi était fier de sa blague car il se mit à pouffer.

— Balard ?

— Ah oui, Balard c'est ça !! Maintenant que vous l'dites.

— Ce serait donc Me Balard qui vous aurait envoyé ici ?

— Bah faut croire. Ils ont débarqué à 6 du mat' genre en novembre et depuis ch'ui là à m'faire emmerder par des p'tites frappes.

Le lieutenant s'assurait de ne pas montrer son niveau de satisfaction pourtant à l'apogée et sortit du parloir plutôt pressé.

Il devait désormais trouver le moyen de le prouver.

7 L'enquête avait fait un pas de géant même si le meurtrier de Sophie Jaland n'avait encore aucune identité. Le mobile n'était donc pas celui auquel Bourdieu s'attendait.

SOPHIE

Vendredi 3 décembre 2021

— Tu as intérêt de ne plus m'emmerder avec tes conneries de gamines, c'est bien clair. J'ai fait c'que tu m'as demandé. On est quitte. Ton petit dealer ne devrait pas refaire surface avant plusieurs années.

— Oh je ne sais pas si je dois te remercier ou te dire d'aller te faire foutre, connard !

— Tu veux que j'annule tout ?

— ...

— J'espère que tu as effacé toute trace de nos échanges. Ça pourrait me coûter ma carrière et celle de mon frère. Tu n'as rien écrit dans ton journal intime à la con j'espère ?

— Tu sais très bien que j'y écris tout, notre arrangement ne fait pas exception.

— Alors arrange-toi pour tout faire disparaître.

Sophie relut les pages concernant les semaines qui venaient de passer et arracha deux pages qui lui semblaient les plus compromettantes. Celles qui relataient leur déjeuner à Rouen. Elle n'avait rien écrit après, même sur l'avancement de l'opération. À contrecœur, elle brûla le papier compromettant dans l'évier et tenta de calmer sa colère avec un verre de vin.

Elle avait décidé de ne pas en rester là. Sa souffrance était bien trop grande depuis toutes ces années. Elle devait sortir du silence. Mais jusqu'à présent, elle avait eu trop besoin de lui pour régler au moins un problème dans sa vie. Mehdi était désormais au chaud, sa petite bande aussi. Rien ne pouvait venir compromettre son quotidien. Elle avait quitté Marc, retrouvé une hygiène de vie saine. Arrêter de fumer avait été dur mais elle tenait le coup. Ses idées étaient plus claires, son sommeil plus réparateur. Elle savait désormais quoi faire pour commencer sa nouvelle vie.

Elle composa le numéro de sa mère, en sachant très bien qu'elle ne pourrait plus faire machine arrière. Le rendez-vous fut pris quelques jours plus tard dans une brasserie à Paris. Hélène lui avait promis de ne rien dire à Patrick, même si tout ce mystère l'avait profondément troublée.

Sophie était dans un état proche de l'explosion. C'était comme si le dernier week-end passé à Rouen lui avait fait resurgir toute son enfance, tous ses souvenirs les plus noirs. Ils étaient floutés par l'irréalisme des faits pour une petite fille de dix ans. Elle savait pourtant que ce n'était pas dans l'ordre des choses, mais le cerveau en avait décidé autrement. Les conséquences auraient été dramatiques pour sa mère et ses frères, elle le savait. Il était moins dangereux de bousiller la vie d'une jeune fille, que celle d'une mère et d'une épouse de notable bourgeois. Il en était autrement aujourd'hui. Sa mère avait réussi, elle s'était fait un nom. Le plus grand danger était la destruction de la réputation des Balard. Cette famille d'avocats d'affaires de père en fils. Cette famille propriétaire de plusieurs hôtels particuliers à Rouen et à Paris. Elle était aussi connue pour sa fortune immobilière que pour le cabinet. Les révélations que s'apprêtait à faire Sophie pourraient leur coûter très

160

cher. Un « balance ton porc » salvateur pour Sophie contre une réputation. Qu'est-ce qui valait le plus ? L'argent ou l'éthique ? La vérité ou le mensonge ?

Ces questions, Sophie se les posaient depuis plus de dix ans. Mais elle avait toujours eu un doute sur la réalité de ses souvenirs. Le comportement de son beau-père en novembre avait eu l'effet d'un électrochoc, d'une évidence. Il devait se sentir tellement puissant, autorisé à tout se permettre. Il imaginait que Sophie était encore la petite fille docile et muette qui habitait sous son toit vingt ans avant.

Son objectif était de sauver sa mère et lui ouvrir les yeux sur la véritable nature de l'homme qui l'avait soi-disant « sorti de sa triste destinée ». Il lui avait tout donné, une famille, une belle demeure, un emploi, une sécurité, une éducation pour sa fille. Mais elle savait désormais que c'était ce que Patrick avait fait croire à Hélène pour la garder près de lui.

Elles avaient rendez-vous le jeudi 16 décembre pour déjeuner. Sa mère avait justement une audition chez un client ce jour-là. Mais le week-end précédant leur rencontre, Sophie avait reçu un message de la part de sa mère. Son rendez-vous avait été annulé, elle était ravie de venir quand même sur Paris pour déjeuner avec sa fille. Elle lui proposait même de faire les boutiques l'après-midi. Sophie avait écouté avec un pincement au cœur cette nouvelle dès qu'elle avait perçu le timbre métallique caractéristique de la voix de son beau-père. Il avait donc été mis au courant de leur programme. Il fallait qu'elle sache ce que sa mère avait annoncé comme excuse. Il était loin d'être idiot. Sophie le sut assez rapidement en recevant le dimanche soir un SMS laconique mais efficace. Elle y répondit sans réfléchir « tu ne me fais pas peur sale con et tu ne m'empêcheras pas de voir ma mère ».

C'est seulement quelques jours après, lorsque sa mère lui proposa une nouvelle date en janvier, qu'elle reçut un message de son bourreau. Elle l'avait aussitôt effacé pour ne pas être atteinte. Faire disparaître cette missive lui ôtait toute valeur et signification. Elle ne portait que très peu d'importance à ses propos malveillants et déplacés. Elle était déterminée. Porter plainte aurait pu être la solution, encore aurait-il fallu qu'elle ait gardé les stigmates de ses différents viols, bien trop lointains. Se confier à sa mère avait pour objectif de se libérer, de s'alléger et de l'éloigner de ce tordu. Savoir sa mère à ses côtés, ne se doutant de rien, lui étant éternellement reconnaissante d'avoir été un père pour sa fille orpheline, la mettait hors d'elle.

Leur rendez-vous était fixé au vingt-sept janvier dans une petite brasserie du premier arrondissement de Paris. Elles aimaient déambuler dans le centre Pompidou quand Sophie était plus jeune. Elles venaient souvent là, toutes les deux, le samedi, pour s'échapper des hommes de la maison et se retrouver entre « Jaland ». Se retrouver dans ce quartier avait un goût de renaissance pour Sophie. Il représentait tellement de joyeux souvenirs, ceux qui rendent confiant et en sécurité. Le symbole d'une sérénité retrouvée.

VINCENT

Dimanche 30 janvier

Le réveil fut l'un des plus douloureux de ma vie. Ma jambe me lançait toujours autant mais cette douleur physique était minime par rapport à l'enfer psychologique que j'étais en train de vivre.

Retrouver Hélène m'avait redonné du sens, de la passion, des émotions, des peurs. Mais connaître l'existence de ma propre fille conçue avec la femme de ma vie, alors qu'elle allait être enterrée, était un supplice insurmontable. J'avais une envie furieuse d'entrer dans son appartement pour humer son espace, caresser ses meubles, dormir dans son lit, manger dans son assiette et boire dans son verre. J'avais besoin de me connecter à elle. La violence de cette nouvelle, apprise par le lieutenant, et non de la bouche de ma muse, mon rêve, mon amour, m'avait transpercé littéralement le cœur. Je n'étais plus capable d'aimer mes enfants comme j'aimais Sophie, que je n'avais pourtant pas connue. Elle était si belle. Une promenade, le long de la coulée verte, aurait été une solution pour enrayer cette descente abyssale dans les noirceurs de mon esprit. Je me résignais donc à écrire, à coucher chaque émotion, chaque picotement, chaque coup de couteau et flagellation sur le papier virtuel représenté par mon ordinateur.

163

2 Il était dix heures à peine lorsque la concierge toqua à ma porte. Sa manière de faire était reconnaissable entre mille. Elle avait cette façon si douce et légère de cogner cinq coups en morse pour annoncer sa venue dans le souci de déranger.

— Monsieur Ruvillon, j'ai appris ce qu'il vous était arrivé. Quelle chance vous avez eue !? Vous auriez pu y rester, malheureux ! Paix à son âme, mon mari n'a pas eu votre chance, Monsieur Ruvillon. Si vous avez besoin de quelque chose, je suis là, vous le savez, hein Monsieur Ruvillon ? Vous n'allez pas pouvoir faire les courses dans cet état ! Oh et regardez-moi cette cuisine ! On dirait qu'elle a pas vu une éponge depuis quelques années !

Madame Amary était de ces femmes qui parlent sans respirer, pendant de longues minutes, et qui posent des questions en se faisant les réponses toute seule. Leur vie solitaire devait certainement les contraindre à se parler à soi-même, le plus clair de leur temps.

— Ah, je viendrai vous faire du ménage demain matin, ça vous fera du bien au moral. Quand sa maison est propre, son esprit s'éclaircit, qu'y disait mon mari. Bon, je suis pas venu pour vous tracasser, vous devez être bien fatigué. Mais voilà, comme j'ai vu que votre boite aux lettres était pleine, et que vous n'allez sûrement pas galoper avant un petit moment, je me suis permis de relever votre courrier pour vous le monter.

3 Madame Amary me tendit un paquet d'une dizaine de lettres. La plupart étaient des factures qui devaient dater un peu. Je la remerciais pour son aide et acceptais volontiers sa proposition de passer le lendemain pour donner un coup de propre Ça ne pouvait que faire du bien à cet appartement qui n'en avait que le nom.

4 Je posai le tas sur la table basse quand une lettre d'une teinte différente attira mon attention. L'enveloppe était

granuleuse et de couleur beige clair. Une écriture manuscrite la différenciait également des autres. Et surtout, elle n'était pas cachetée. Je ne connaissais pas cette calligraphie mais elle semblait féminine. C'était certainement Hélène qui tentait une explication écrite sur ce qui l'avait poussée à me cacher une si importante vérité. Je n'avais jamais eu l'occasion de voir son écriture. Nous nous étions promis de ne conserver de notre relation que nos souvenirs. Même si notre passion était d'une intensité rare, nous ne nous étions jamais avoué notre amour, inconsciemment, certainement pour éviter de souffrir et espérer. Elle venait d'une famille bourgeoise et aisée, qui n'aurait jamais accepté un provincial issu du monde ouvrier. Malgré la place de choix que la lignée paternelle avait obtenue en devenant médecin, le simple fait de ne pas être spécialisé rendait notre catégorie sous classée. Nous savions que nous n'aimerions pas évoluer dans le monde de l'autre. Nous étions si jeunes et insouciants. Sa mère l'avait prévenue que si elle cherchait à me contacter, elle lui couperait les vivres. Ils avaient fait des recherches sur ma famille, mon passé, les bords politiques de mes parents, fervents défenseurs de la gauche libre. L'opposé diamétral des idéaux de la famille Jaland, riches notables investis dans des mandats électoraux les plaçant du côté de la droite ultra capitaliste. Savoir que sa fille fréquentait des gens de cette catégorie « abjecte », tels avaient été ses mots, était une honte pour sa famille. Je ne l'ai su que lors de notre rencontre improbable à Paris quelques mois plus tard. Ce fut une excuse supplémentaire pour ne pas s'échanger nos coordonnées ni se donner des nouvelles. Ce qui m'arrangeait bien à l'époque. J'aimais ma vie parisienne remplie de fête, d'aventures d'un soir et remplie de rêve de liberté. Le moment que nous venions de partager suffisait à me rendre heureux. J'étais un idéaliste naïf à cette époque. Je le suis certainement encore un peu.

Je me disais que la souffrance avait une vertu, un sens à la vie. L'idée même de me priver de la femme que j'aime, avait donc une raison d'être contre laquelle je ne pouvais pas lutter. Mes études littéraires devaient certainement y être pour quelque chose, ma thèse portant sur le scepticisme dans l'amour prôné par Lacan. Il m'était alors impossible de considérer l'amour comme une réalité physique.

En colère et triste, je ne me résolvais pas à ouvrir cette lettre. J'avais besoin de temps. Je la glissai dans le tiroir de mon bureau centenaire pour l'oublier quelque temps.

DÉNOUEMENT

Dimanche 30 janvier, 20 heures, commissariat du XIIe arrondissement de Paris, dans le bureau sombre au fond du couloir.

— Ça y est je l'ai, chef ! Regardez, Balard est le Procureur de la république en charge de toutes les affaires de stupéfiant et grand banditisme. Son frère se nomme Patrick Balard, avocat exerçant au barreau de Rouen mais il plaide régulièrement à Paris. Il représente des chefs d'entreprises françaises dont le siège est sur Paris et où les affaires sont traitées devant le tribunal de commerce de la Capitale.

— Beau travail Hardieu, vous pouvez rentrer chez vous, je m'occupe de la suite.

Bourdieu se retrouva seul dans son bureau étriqué. Il savait qu'il tenait une piste mais il n'arrivait pas à faire le lien avec l'affaire Mehdi Bouchackri. Comment cette tête de réseau criminel, recherchée depuis tant d'années, avait réussi à tomber aussi facilement sans préparation, ni trace dans les archives de la police. Bourdieu s'arrangea pour obtenir le numéro du procureur.

Quelques minutes plus tard il reposa le combiné, blanc comme un linge, froid comme un cadavre, incapable de ressentir une émotion autre que le dégoût. Il venait de comprendre.

Le frère de Patrick Balard avait réussi à faire tomber un réseau de trafiquant en évitant la procédure habituelle. La confidentialité du dossier, même au sein de la Maison, était justifiée par la sensibilité de l'affaire et l'enjeu politique. Claude Balard n'avait pas eu d'autre information par son frère, si ce n'est le lieu de la planque. L'adresse avait été confirmée par les indics infiltrés, et la descente eut lieu un jour de grosse livraison, pour choper un maximum de personnes. Claude Balard ne nia pas son étonnement quant à l'implication de son frère dans cette affaire. Ce qui avait surtout retenu son attention, c'est le fait que Patrick avait annulé l'opération, seulement quelques heures après avoir formulé sa demande.

Bourdieu était désormais certain que Patrick Balard était impliqué dans la mort de Sophie, d'une manière ou une autre. Son frère avait promis de ne pas intervenir mais pour éviter toute fuite, le lieutenant organisa une opération pour le lendemain matin très tôt. Il passa trois coups de fil, envoya deux mails aux services concernés et donna rendez-vous à son équipe à 5 heures sur le lieu de la perquisition.

À plus d'une centaine de kilomètres de là, Hélène rentrait chez elle, épuisée et perdue. Elle avait réussi à vivre avec ce mensonge toute une vie, ce qui avait peut-être tué sa fille. Retrouver Patrick devenait une épreuve. Elle savait qu'elle ne pourrait plus jamais vivre avec lui. Elle ne lui devait plus rien. Sophie était morte. La raison pour laquelle, elle avait construit sa vie avec cet homme avait disparu. Quitter cet homme, elle aurait dû le faire depuis si longtemps. Mais elle n'avait jamais trouvé la force de le faire. S'expliquer auprès des amis, de la famille, des enfants, et des médias, lui semblait insurmontable. Pourtant après cette nuit, elle connaissait l'évidence qu'elle avait fuie depuis tant d'années. Elle était devant elle, difficile à atteindre et résolument fâchée, mais elle existait. Vincent était revenu dans sa vie. Il avait toujours été l'homme de sa vie, le père de sa fille. Mais son approche brute de la vie et sa solitude lui donnaient le faux air de confiance requis pour une histoire solide. Le lien qui lui manquait pour renforcer son équilibre était certainement elle-même. Hélène avait décidé de se battre pour lui apporter ce dont il avait toujours manqué. Elle posa son sac dans la chambre, et alla directement à la salle de bains prendre une douche. Patrick devait être dans son bureau en train de travailler. Elle avait pris soin de ne pas faire de bruit en rentrant.

Elle prépara une valise plus grosse, descendit avaler un morceau de pain et du fromage, puis entra dans le bureau de Patrick, prête à lui annoncer son départ de la maison. Prête à vivre une vie libre.

La chaise était retournée, la lampe posée sur le bureau était allumée. Des dossiers empilés encombraient le sol. Des papiers mélangés étaient éparpillés sur le bureau. Elle ne put s'empêcher de lire le nom qu'elle avait entendu au commissariat. Elle se demandait quel lien Patrick pouvait avoir avec cet homme. Patrick devait s'être assoupi car aucun de ses mouvements ne venait contrarier son sommeil. Elle approcha en chuchotant son prénom. Sous les papiers, elle devina la forme d'une enveloppe qui dépassait légèrement. Doucement, elle la fit glisser pour faire apparaître le nom du destinataire. Un prénom, écrit de la main de Patrick : Hélène.

VINCENT

Mardi 24 janvier 2023

Je suis assis devant la pile de livre, le sourire éclatant comme celui de la photo choisie pour la quatrième de couverture de mon livre. Le livre que je m'apprête à dédicacer à l'occasion de sa sortie. La date n'a pas été choisie par hasard. Un an après la mort de ma fille. J'ai voulu que sa mémoire ne s'efface pas. Mon agent Valente est à mes côtés. Il est survolté, le téléphone n'arrête pas de sonner pour des émissions de télé ou de radio. Le nouveau livre de Vincent Ruvillon était très attendu selon lui, ce qui explique ce succès. La nouvelle maison d'édition a redonné un coup de jeune à mon style, j'ai retrouvé l'inspiration. Je crois qu'il me fallait des émotions, de la vie pour retrouver cette soif d'écrire comme l'année qui venait de s'écouler. J'étais déjà sur un nouveau manuscrit, très différent de mon territoire d'expression habituel. Au fond de la pièce, Hélène feuillette le livre qu'elle a déjà lu, mais qu'elle dévore tant il lui rappelle sa fille.

Sophie a été enterrée le 4 février 2022 en même temps que son assassin, Patrick Balard. Je me suis évidemment rendu à l'enterrement de Sophie dans le cimetière du Père Lachaise. Sa mère voulait qu'elle repose là où elle avait connu son vrai père. Nous étions nombreux à son enterrement, même si la plupart étaient des curieux.

Balard n'avait pour lui qu'une poignée de proche, sa mère, son père et son frère. Ses fils n'avaient pas voulu faire le déplacement, trop honteux et choqués par les aveux qu'il avait laissés, avant de tirer sa révérence. Son frère était démis de ses fonctions de procureur.

Bourdieu était également présent à l'enterrement de Sophie. Il m'avait confié avoir besoin de vivre le deuil de la victime, pour tourner la page d'une affaire quand celle-ci était élucidée avant l'enterrement. L'affaire Sophie Jaland avait été la plus éprouvante de sa carrière. La lecture de son journal intime l'avait décidé à tout arrêter, partir dans le Sud retrouver sa fille et l'accompagner dans sa vie de jeune femme en construction. Il avait été muté dans un petit commissariat proche de Toulouse et avait même réussi à reconquérir son ex-femme.

L'année qui venait de s'écouler avait été éprouvante entre le deuil, l'acceptation, l'abnégation. J'avais réussi à revoir Hélène quelques semaines après l'enterrement. Je lui en voulais de son mutisme et indirectement de la responsabilité qu'elle avait eue dans la descente aux enfers de notre fille. Son beau-père lui avait arraché sa jeunesse, volé son adolescence et l'avait privé de sa vie d'adulte. Bien trop soucieux de sa réputation, Patrick Balard avait ôté la vie de sa belle-fille avant qu'elle ne puisse révéler leur secret à sa mère. Il avait préféré rendre sa femme inconsolable que la perdre. Hélène n'avait rien vu, ou n'avait rien voulu voir. La culpabilité la rongeait. Quitter Rouen pour s'installer à Paris, se rapprocher de moi, était la seule issue pour assurer sa survie. Nous avions commencé à nous revoir timidement, en journée, puis nous avons passé quelques soirées ensemble, dans mon modeste appartement que Madame Amary venait nettoyer toutes les semaines depuis mon accident.

Je ne sais pas si notre amour résistera à ce passé tumultueux mais il m'apporte la confiance, la jeunesse et l'envie de vivre ce que j'avais perdu depuis tant d'années. Trente ans peut-être. Car en écrivant ce livre, celui de ma vie ratée auprès d'une fille que je n'avais pas connue, j'ai pu comprendre que mes choix de l'époque avaient certainement conditionné un présent bien fragile. J'avais pensé pour moi, égoïstement, en omettant l'essentiel dans une vie qui ne dure pas : les rencontres n'arrivent jamais par hasard. Il faut juste être attentif aux signaux, aux raisons qui les expliquent.

Je regarde Hélène. Notre première rencontre n'avait pas été comprise, mais celle que nous avions vécue un an auparavant est apparue comme une évidence.

Je la prends comme le signe d'une vie pas tout à fait ratée, une vie à réinventer.

Made in the USA
Monee, IL
17 June 2024

60080964R00104